Édition : Books on Demand,
12/14 rond-Point des Champs-Elysées, 75008 Paris
Impression : BoD - Books on Demand, Norderstedt, Allemagne
ISBN : 9782322272778
Dépôt légal : décembre 2020

Ludolynch

Une vie enterrée

Mai 2020

Chapitre 1
Charles

Le téléphone sonne à 3 heures du matin.
Je mets un peu de temps à ouvrir les yeux.
J'entends le bruit de la pluie taper sur les
fenêtres. Je n'ai pas l'habitude de recevoir
des appels à cette heure. J'espère que ce
n'est pas encore une de leurs blagues. Il y a
des gens qui s'amusent à déranger les autres,
alors soit pour leur raccrocher au nez ou
pour se payer leur tête. Le téléphone sonne
encore. Je décide de me lever. J'ai passé une
soirée difficile à boire verre sur verre dans
un des bars de la ville et je voulais juste
dormir pour oublier ce mal de tête. J'arrive
péniblement à me relever. Je suis maintenant
assis sur mon lit. J'ai l'impression que ma
tête va exploser.

Debout, je contemple ma chambre dans
un état pitoyable. Je n'ai pas dû faire le
ménage depuis un certain temps. Promis,

demain je range tout. Je n'ai jamais aimé être trop regardant sur la propreté. De toute façon, personne ne met les pieds ici. Pourquoi je m'embêterais avec tout ça ? La chambre est plongée dans la pénombre. Il y a juste un lit, une armoire, des vêtements et des barquettes de plats préparés à même le sol. J'entends encore la sonnerie de ce fichu téléphone. Je ne le trouve pas, avec tout ce bordel. Il sonne et sonne encore. Je regarde sous le lit, sur mon bureau. Je change de pièce et suis maintenant dans le salon. Où ai-je bien pu le mettre ? Je devais être tellement bourré hier. Le salon est aussi minimaliste, avec un canapé simple, une télévision et une table basse remplie de cadavres de bières. Promis, demain j'arrête de picoler autant. Je me dis ça à chaque fois mais c'est plus fort que moi. Je me sens obligé de recommencer. J'ai besoin quelquefois d'oublier certaines choses. Je sais que ce n'est pas la bonne solution. Je n'ai pas toujours été comme ça. Avant, les choses étaient plus simples. Je retourne tout dans le salon. Je ne trouve toujours pas ce téléphone. Je commence sérieusement à m'énerver et j'espère qu'il y a une bonne raison, sinon je vais péter un câble. Je ne me souviens pas d'avoir été réveillé en pleine nuit depuis des années.

On ne m'appelle jamais. Je n'ai plus de famille et très peu d'amis. Le temps a effacé le peu de vie sociale. J'ai seulement quelques collègues qui m'appellent, mais pas à cette heure. Je continue de regarder dans les moindres recoins. Je retrouve un pistolet par terre. Je dois être fou pour laisser cela sur le sol. Je le prends et le replace dans son étui sur la petite table. Je l'ai depuis de nombreuses années et je n'ai dû m'en servir qu'une ou deux fois, mais toujours dans le but de me défendre. Je ne suis pas du genre à sortir mon arme pour tout et n'importe quoi. Les plus jeunes sont souvent stressés. Ils peuvent commettre des actes irréparables. Détenir une arme est une grande responsabilité. Beaucoup ne supportent pas ce fardeau. Ils craquent au bout de quelques jours. Nous ne sommes pas dans un film où les gens tirent à tout-va sans conséquence. Il s'agit d'un objet qui peut ôter la vie d'une personne.

Il y a bien des séances de tir pour s'entraîner. Mais il ne suffit pas de tenir une arme, il faut prendre conscience de toute la démarche. J'ai mis du temps pour m'y habituer. Maintenant, après plus de vingt ans, je ne pense plus à ça. Je ne suis pas du genre nerveux. Je dois vraiment arrêter mes conneries. Le téléphone sonne encore. Je regarde dans les affaires placées sur le porte-manteau. Je fais les poches. J'ai l'impression de faire une fouille. Il y a quelque chose d'étrange. Je vais bien finir par le trouver. Voilà, je l'ai. Je regarde l'écran avant de décrocher. Je reconnais ce numéro. Il s'agit du commissariat. Pourquoi m'appellerait-il à cette heure ? J'habite un petit village d'une centaine d'habitants où il ne se passe rien. Il y a bien deux ou trois vols mais rien d'exceptionnel. J'aime justement cette tranquillité. On peut vivre sa vie sans être importuné par tous ces gens et toute cette foule des grandes villes. On peut circuler à toute heure. Les habitants cherchent à se reposer. Voilà, j'avais choisi de m'y installer. L'expérience des grandes villes m'avait suffi. J'avais appris énormément de choses mais il fallait que je me repose un peu de toutes ces horreurs que j'avais pu voir et entendre. Mon corps et mon esprit étaient fatigués de recevoir toute la misère des autres et il fallait passer à autre chose. Il n'y a pas de problèmes dans notre village. Je peux me détendre. Je pense que ce genre d'affaires peut bien attendre la journée. Le téléphone sonne toujours. Ils sont du genre coriace. Je vais être obligé de répondre :

— Allo ?

— Bonsoir, excusez-moi de vous déranger à cette heure tardive.

— Oui, c'est pour quoi ? Vous savez quelle heure il est ?

— Oui, je suis désolé mais cela est vraiment urgent.

— Pour me réveiller à cette heure ? Je ne vois pas la raison.

— Nous avons un problème.

— Un problème avec moi ?

— Non, pas avec vous. Nous avons besoin de vous.

— Vous ne pouviez pas appeler quelqu'un d'autre ?

— J'ai bien regardé mais vous êtes la seule personne disponible ce soir.

— Tous les autres ont dû trouver une bonne excuse. Pourquoi ça tombe toujours sur moi ? Je dois être la bonne poire. Alors, qu'est-ce qu'il y a ?

— Je n'ai jamais vu ça. Je suis un peu choqué, à vrai dire.

— Hé, mon garçon, calme-toi ! Reprends ton souffle. Tout va bien se passer.

— Oui, mais je ne suis pas habitué à ce genre de chose. C'est la première fois pour moi.

— Alors quoi ? Un gars a roulé trop vite ? Le petit Paul a volé des bonbons ?

— Heu, non, c'est plus grave que ça.

— Bon, tu vas me dire à la fin pourquoi je dois t'écouter ?

— Nous avons retrouvé un cadavre.

— Il n'y a rien d'exceptionnel. Vous l'identifiez et vous l'amenez à la morgue. Vous n'avez pas besoin de moi pour ça. C'est pourtant simple.

— Je sais mais là, c'est un cas un peu particulier.

— Alors quoi ? Il lui manque quelque chose ? Ce n'est pas le premier mort et ça ne sera pas le dernier.

— Sa mort n'est pas courante.

— Tout le monde doit mourir. Il ne faut pas en faire tout un plat. Alors ?

— En fait, on l'a retrouvé enterré !

— Donne-moi l'adresse.

— Tout de suite, lieutenant Charles.

Chapitre 2

Sophie

Je suis heureuse. Je vais pouvoir faire ce qu'il me plaît. J'ai tellement attendu ce moment. Mon projet date de plusieurs années. J'ai décidé de déménager dans la petite ville de Castellane. J'ai vingt-sept ans et je dois le faire maintenant. Je connais beaucoup de personnes qui parlent et parlent beaucoup mais qui n'agissent pas. Je suis une personne déterminée et je vais pouvoir accomplir mes rêves. Je viens de prendre possession de ma nouvelle maison. Un petit endroit calme, sans bruit. Il me fallait un lieu paisible. J'ai besoin de ça pour travailler. J'ai mis plusieurs heures pour arriver à destination. Avec ma petite Twingo, le voyage n'a pas été des plus reposant. J'avais tout laissé de mon ancienne vie pour repartir à zéro. La route m'a permis de rêver, de penser à toutes ces choses que je vais pouvoir faire. Je n'ai pas vu le temps passer.

Les dix heures ont défilé à toute vitesse. Lunettes de soleil sur les yeux, je me sentais libre de regarder devant moi. Je m'étais apprêtée avec une belle petite robe et j'avais lissé mes longs cheveux blonds.

Maquillée à fond, j'aurais pu aller en soirée ou à un gala. Il fallait que je marque le coup et puis de toute façon, j'ai toujours fait attention à moi. J'aime être belle et que les hommes se retournent sur moi. Je n'y peux rien, cela fait partie de ma nature. J'avais tout préparé, l'itinéraire, la destination, le logement. Je n'aime pas laisser de place au hasard. Cela me rassure de tout savoir à l'avance. Je sais que l'on ne peut pas tout prévoir, mais on peut essayer de minimiser le destin. Mon entourage n'a pas compris mon choix. Celui de partir à l'aventure dans une autre région, de devoir nouer des liens avec de nouvelles personnes. Mais il fallait que je le fasse, c'était plus fort que moi. Comme si une petite voix me disait de partir. Je suis maintenant devant ma nouvelle demeure. Le propriétaire est un vieil homme fumant sa cigarette. Il ne sent pas très bon et ne doit pas sortir souvent. Il a un énorme trousseau de clefs et a du mal à trouver la clef correspondante. Je le laisse faire. Je suis juste heureuse d'être là. Rien ne pourra gâcher mon bonheur. Je n'ai pas

13

beaucoup d'argent donc j'ai pris suivant mes moyens.

Il m'explique les règles habituelles. Je ne semble pas l'écouter. Je suis juste émerveillée par l'endroit. Certains seraient choqués par la vétusté des lieux mais il y a quelque chose de différent pour moi. Il s'agissait de mon projet et personne ne pourra changer ça. Il marche difficilement et souhaite me faire visiter chaque pièce pour un état des lieux. Je ne pense pas que cela soit nécessaire vu la propreté. Je vais tout nettoyer. Je ne vois pas cela comme une contrainte. Je vais pouvoir faire cet endroit à mon image et tout changer. Il n'est pas contre, du moment que je ne casse rien. On signe deux, trois papiers pour la forme. Je lui fais confiance et je n'aime pas trop la paperasse. Il me dit que je peux l'appeler au besoin. J'ai l'impression qu'il me prend pour sa fille ou sa petite-fille. Il finit par quitter la pièce avec un record de lenteur. Je pourrais le filmer et le mettre sur les réseaux, ça pourrait faire le buzz, mais je viens d'arriver et je ne veux pas d'histoires. Je ne suis pas plus accro à Facebook ou Insta que n'importe qui. Mais là, c'est différent, je dois immortaliser le moment. J'ai pris des photos du départ, du voyage sur la route ; j'ai même pris des photos inutiles, des

14

détails. J'aime prendre des photos que personne ne prend. C'est vrai, la plupart des gens font tous la même chose. Ils posent ou prennent des évènements ; où tout le monde regarde l'objectif. Je n'aime pas ces photos de famille. Il n'y a rien de naturel là-dedans. Je préfère l'instantané, le réel, c'est-à-dire la vérité. J'ai donc pris des choses communes comme le café pris dans la station d'autoroute, le ticket de péage, la station essence, les toilettes. Tous ces petits détails qui forment le voyage : notre voyage. Tu ne peux pas les toucher mais tu peux peut-être les voir d'où tu es. Tu me manques.

Chapitre 3

Jean

Le matin, il y a toujours la cohue. Le bruit et le mouvement sont omniprésents. Nous avons une grande maison mais nous sommes attirés comme des aimants. Nous avons le besoin d'être tous dans la même pièce. J'avais choisi cette vie mais cela était compliqué. Nous avons eu deux enfants, des jumeaux : Paul et Liam, tous les deux âgés de dix ans. Tous les jours, il y a le même cirque. Ils bougent dans tous les sens, ils ne tiennent pas en place. Il faut qu'ils prennent leur petit déjeuner, qu'ils s'habillent, préparent leurs affaires. Ils ne sont plus des bébés mais on doit toujours leur répéter la même chose. Je tente péniblement de prendre mes tartines entre deux disputes des jumeaux. Je tourne inlassablement la cuillère dans mon café. Je semble hypnotisé par le tourbillon. J'essaie de m'évader.

Je les adore mais ils n'arrêtent pas. Ils se poussent et se tirent les cheveux. J'appelle ma femme. Elle doit se préparer et me laisse seul avec ces deux petits monstres. Je n'ai jamais vraiment été autoritaire. Je laisse ça à Lisa. Elle sait faire. J'ai bien essayé. J'ai lu des livres, regardé des émissions, sans aucun résultat. On ne peut pas changer sa nature. Lisa aime bien s'occuper de l'éducation de nos enfants. Elle les mène à la baguette. J'ai beau essayer de faire comme elle, cela ne fonctionne pas. Ils sont tous les deux à table en train de se jeter des céréales au visage. Je les regarde, impuissant. Je sais que je dois intervenir mais je n'ai pas la force ni la motivation. J'ai passé les quarante ans. J'ai du mal à m'énerver et je veux juste vivre tranquillement.

Et puis de toute façon, ce n'est pas dans ma nature. Je préfère lire et enseigner à des étudiants. Il n'y a pas de problèmes de discipline. Je tente de hausser la voix mais sans succès. Ils me regardent à peine. J'ai l'impression d'être un fantôme qui tente d'exister en jetant des appels à l'aide. Je réajuste ma cravate. C'est à ce moment que ma sauveuse arrive. Je suis toujours admiratif, même après toutes ces années, de sa beauté. Elle est entrée dans la pièce comme si elle flottait dans l'air. Elle a toujours eu une certaine grâce et sans un mot, a saisi les cuillères des garçons. Ils se sont arrêtés d'un coup et leurs yeux se sont baissés. Puis elle s'avance vers moi pour me faire un baiser sur le front et refermer les boutons de ma chemise. Je me lève et prends mon manteau. Le temps est bizarre depuis quelques jours, comme si une tempête allait bientôt arriver. Je me dirige vers la porte d'entrée et Lisa m'appelle pour me donner ma sacoche avec mon ordinateur portable. J'ouvre la porte et l'aperçois en face de notre maison.

— Chérie, nous avons une nouvelle voisine !

J'entre dans ma voiture et aperçois une jolie jeune femme discutant avec le vieux Hobb. Elle a sa voiture remplie de cartons. Comment a-t-elle pu mettre tout ça dans une Twingo ? L'arrière de celle-ci touche presque le sol. Pauvre voiture ! Elle a dû ramasser. La maison est quasiment en ruine. Comment le vieux Hobb peut lui louer ça ? Il n'a vraiment aucun amour propre. Il profite des petits jeunes. En plus, elle fait la visite seule. Elle aurait dû se faire accompagner, il va l'arnaquer. Il ne faut pas se fier à son apparence, il sait très bien ce qu'il fait. Il va lui faire payer une jolie somme. Ça fait des années qu'il essaie de la louer. Personne ne veut venir. Il y a bien eu des visites mais tous ont refusé une fois à l'intérieur. Je ne comprends pas pourquoi une aussi belle femme viendrait se perdre dans un trou paumé. Elle a toute la vie devant elle. Elle pourrait voyager, visiter des endroits dans le monde entier, rencontrer des gens. Le vieux Hobb a du mal à sortir de la maison. Je n'ai pas encore mis le contact. J'avoue que cette fille m'intrigue. Il fut un temps où je l'aurais suivie. J'aurais voulu connaître tous ses secrets.

J'avais un passe-temps quand j'étais étudiant. On avait un défi avec un ami. On devait suivre les gens. On devait découvrir un maximum de choses sur eux sans regarder sur internet ; on devait juste recueillir les informations en les suivant. On devait choisir une personne au hasard et jamais deux fois la même. Bien sûr, il s'agit d'un passe-temps d'étudiant. On avait un peu de temps à cette époque. On n'a jamais été plus loin, juste suivre. Cela nous donnait des idées pour écrire. Il nous fallait de la matière pour nos histoires. Vous n'imaginez pas toutes les choses tordues que font les gens, même des personnes que l'on croit respectables. Et à ce moment, dans ma voiture, en train d'observer cette femme, j'ai ressenti le besoin de la connaître plus ; de la suivre juste par curiosité. Je suis plus adulte et je ne prendrai pas de risques. Elle est maintenant devant sa porte d'entrée. Elle me regarde sans bouger. Je lui fais signe de la main avant de démarrer avec un glissement de pneu. Je ne sais pas, à ce moment-là, où cette histoire va me conduire.

Chapitre 4

Charles

J'ai dû m'habiller à l'arrache. J'ai mis un temps fou pour retrouver toutes mes affaires dans ce bordel. Heureusement que je vis seul, une femme ne souhaiterait pas vivre dans un endroit pareil. Je ne sais pas à quel moment j'ai pu tout foirer. J'aurais pu avoir une autre vie mais maintenant, c'est trop tard. J'arrive péniblement à enfiler un pantalon et une chemise. J'essaie de faire une bonne impression, enfin j'essaie. Je dois maintenant chercher mes clefs. Je me dis, dans ces moments-là, un bon nettoyage et je serais tranquille mais je ne le fais jamais. Je me passe de l'eau sur le visage pour ne pas paraître trop fatigué et me lave les dents plusieurs fois pour enlever l'odeur d'alcool qui ne part pas si facilement. Je suis maintenant prêt pour attaquer une magnifique journée. Le temps dehors ne s'arrange pas, il pleut encore des cordes. En plus de ne pas dormir, je risque d'être trempé. J'espère qu'ils ne me dérangent pas pour rien. Si mes souvenirs sont bons, c'est la première fois que nous avons ce cas de figure.

Une personne morte, ça arrive tout le temps. C'est normal, mais pourquoi on l'aurait enterrée ? Je sors devant chez moi et il n'y a pas un chat à cette heure. Je me dépêche de monter dans ma voiture pour ne pas être complètement arrosé. J'aime cette bagnole. J'ai toujours eu une passion pour les belles caisses. Certains ne comprennent pas cette obsession. J'ai quasiment mis toutes mes économies pour l'acheter. Je voulais me faire un plaisir pour mes quarante ans. Il s'agit d'une date importante et cela se fête. J'ai acheté une Ford Mustang de 1967. Je ne passe pas inaperçu dans notre petit village. Je dois être le seul dans le coin à en posséder une. J'effectue un quart de tour avec les clefs pour entendre ce magnifique bruit. Je suis prêt. J'ai roulé pendant une dizaine de minutes à travers les petites rues peu éclairées. Ils doivent installer des lampadaires depuis des années mais cela ne s'est jamais fait. Je n'ai que mes phares pour voir la route. J'alterne les virages serrés à droite puis à gauche. Je pousse un peu l'accélérateur mais ralentis à la vue des lumières. J'aperçois de nombreux éclairages de police à cent mètres. Ça doit être là. À mon arrivée, la rue est remplie de badauds. Les gens d'ici sont curieux et aiment bien regarder ce qu'il se passe. Ils sont tous sur le trottoir, certains en peignoir, à regarder. Les voitures de police sont garées près de la maison. Je fais signe de me laisser passer en montrant ma plaque. Les gens ne pensent pas en voyant ma voiture qu'il s'agit de celle d'un lieutenant. J'aime assez cet effet. Je zigzague pour me frayer un chemin. J'arrive péniblement au lieu et trouve une place en poussant une autre voiture. Quel parcours du combattant pour venir jusqu'ici ! Il me faut un café. Ma tête ne suit pas. Promis, demain j'arrête de me mettre ces doses. Je n'avais pas prévu ce genre de soirée. Qui aurait pu savoir qu'on allait retrouver un type à 3 heures du mat ?

Il y a mes collègues qui sont tous postés devant. J'en salue certains. Pour être tout à fait honnête, je ne suis pas apprécié de tous mais je fais mine de ne pas voir leur grimace derrière mon dos. Je n'ai pas le temps pour ça. Je vois le sergent qui tient un calepin. Il y a une dame en larmes devant lui. Il prend minutieusement des notes comme un écolier. Je ne prends pas de notes, pour ma part. J'ai une bonne mémoire. Je m'allume une bonne cigarette pour me détendre. On n'a jamais vu ça dans notre magnifique petit village. La presse est déjà là et tente de pénétrer sur les lieux. Ils sont une douzaine, équipés de tout leur attirail, caméra, perche et mannequin pour faire office de présentatrice. Elle me tend le micro au loin mais je fais semblant de ne pas la voir. Je n'aime pas être filmé et pas en ce moment, vu mon état. Ils sont bloqués par les barrières de sécurité et font le forcing pour entrer. Le sergent se dirige vers moi après avoir fini avec le témoin.

— Vous allez bien ?

— On peut mieux faire.

— J'ai pris les renseignements.

— Alors, si tu me disais ce qui se passe ? Pourquoi il y a tout ce joli monde ?

Il tremble de partout. Il commence et ne semble pas être préparé à ce genre de cas. Il tient son stylo difficilement et a du mal à me regarder dans les yeux. Je lui propose une cigarette mais il ne fume pas.

— On a retrouvé un corps.

— Oui, ça, je sais, tu me l'as déjà dit au téléphone.

— Oui, mais il est dans un sacré état.

Il se baisse pour vomir le reste de son repas.

— Je suis désolé mais je ne me sens pas bien.

— Donne-moi tes notes et va te reposer un peu.

Je l'ai laissé là, les yeux dans le vide. Il m'a montré du doigt la destination. Il me rappelle mes premières enquêtes. On doit tous passer par là. On doit un moment être confronté pour grandir et affronter toutes les épreuves. La maison était plongée dans le noir. Je croise la femme en pleurs soutenue par son mari. Je pénètre dans le domicile. Nous ne sommes pas dans les séries américaines avec une bande de types dans tous les coins à scruter les moindres indices. Non, là c'est différent ! Il y a toute une flopée de policiers devant à attendre. Ils avaient envoyé le jeune au charbon. Pauvre gars ! Ils devaient bien se marrer. Je ne les comprends pas. Je suis maintenant seul dans la cour arrière. J'ai devant moi un petit terrain avec tous les accessoires pour passer de bonnes soirées, table, barbecue, transat. On peut l'apercevoir au fond, le sergent n'a pas fait de cinéma. Même avec l'habitude, je suis tenté de faire pareil. J'aperçois un bout du cadavre. La main et le visage, du moins ce qu'il en reste, dépassent au-dessus du sol. Je ne comprends pas. Pourquoi un cadavre se retrouve dans ce petit nid douillet ? Les propriétaires sont tellement effondrés qu'ils ne peuvent être suspectés. On ne peut pas faire semblant à ce point, à moins d'être de fabuleux acteurs. J'ai eu une vision en voyant ce corps immobile sorti de terre, j'ai pensé à la série américaine avec les zombies. Sauf que là, il ne bougera pas et il est définitivement mort.

En relisant les notes du sergent, je pouvais découvrir les faits. Il avait plu toute la soirée et l'orage avait tapé fortement. Le terrain des témoins avait subi une longue coulée de boue, ce qui avait déplacé le terrain. Il y avait une chance sur cent pour que l'orage fasse réapparaître le corps. L'homme s'est réveillé la nuit pour voir l'état de son terrain et a vu à ce moment l'horreur dans son jardin. Le sergent est arrivé sur les lieux quelques minutes après. La question était de savoir depuis combien de temps ce corps se trouvait là.

Chapitre 5

Sophie

J'ai enfin les clefs. La rue a l'air tranquille. Il n'y a quasiment personne dehors. Les maisons sont toutes individuelles et toutes plus belles les unes que les autres. La mienne ne colle pas avec le décor mais c'est chez moi. Je n'y accorde pas beaucoup d'importance. Je sais qu'elle sera parfaite. J'aperçois mon voisin d'en face, il a l'air de bloquer sur moi. Il n'a jamais vu de jeune fille ? Il a l'air bizarre, dans sa voiture, à me regarder comme un abruti. Je ne sais pas quoi faire. Est-ce que je le salue ou je me fâche ? Je viens d'arriver et je vais essayer de ne pas me faire remarquer. Je lui fais un signe de la main pour voir et sa voiture démarre à toute vitesse. Je pense qu'il a un problème, ce gars-là. Je rentre car j'ai du boulot.

Voilà, je suis enfin installée. Je vais pouvoir avoir mon propre chez-moi. J'ai sorti tous les cartons. Ma pauvre Twingo peut enfin respirer un peu. Il y a pas mal de travaux mais je ne vois pas cela comme une contrainte. Je vais pouvoir faire cet endroit à mon image. Tout reconstruire : la décoration, les peintures. J'ai maintenant une montagne de cartons dans mon salon. Je prends cinq minutes pour regarder le chemin parcouru. Je sors les affaires doucement. J'ai quelques livres pour les soirées. J'ai toujours aimé lire. Quand j'étais gamine, je lisais des tonnes de bouquins. Ce qui n'est pas commun à notre époque. Aucune de mes copines ne lisait. Je me sentais un peu rejetée à cette époque. Elles parlaient de choses futiles. Je ne trouvais pas ma place parmi elles. Je me suis donc renfermée sur moi-même. Je ne sortais pas beaucoup et trouvais du réconfort dans les histoires. J'ai souffert pendant longtemps de cette situation mais c'est derrière moi. Une nouvelle vie s'ouvre à moi. Le plus important, c'est d'avoir un projet et le mien est magnifique. Je devrais faire quelques achats pour égayer cet endroit.

J'ai tout ce qu'il me faut pour remettre à neuf. Le robinet a du mal à sortir de l'eau. La douche est d'une crasse pas possible. Je sors mes éponges et commence à nettoyer toutes les pièces de fond en comble. Je suis un peu maniaque. Il faut bien prendre le temps mais après, je serai bien. Je place les cartons dans les différentes pièces : salon, cuisine, chambre et autres pièces. Je répartis dans chaque pièce pour gagner du temps. Dans la chambre, je range les vêtements. J'en ai des tonnes. Je devrais faire un tri, robes, sacs, pulls. Je ne porte pas la plupart des vêtements mais je ne sais pour quelle raison, je choisis de tout garder. C'est étrange de ne pas vouloir se séparer des objets. J'y attache une grande importance. Il y a un lit et une minuscule télévision qui n'a pas dû beaucoup servir depuis des années. Je place la photo de famille avec mes parents. C'est la seule photo où l'on pose que je supporte. J'aime cette photo. Elle me rappelle de bons moments. Tout le monde semble heureux sur celle-ci, rien ne pouvait nous atteindre. C'est un instant figé inoubliable, après, plus rien ne fut comme avant. Je préfère tricher un peu et ne garder que ce souvenir de cette période. Je suis gamine, entre ma mère et mon père. Ils ont l'air tellement heureux. Elle sera très bien sur la petite commode près du lit. J'ai déballé toutes mes affaires et il me reste un carton. Je ne peux pas l'ouvrir maintenant. Je dois attendre le bon moment. Il doit rester pour l'instant caché. Je prends la boîte et la dépose dans la cave. Je le sortirai le moment venu. Je regarde l'heure. Je dois me dépêcher. Je prends ma sacoche et un petit cartable. Mon cours commence à 9 heures. Il ne me reste que trente minutes pour m'y rendre. Il ne faut pas arriver en retard la première fois.

Chapitre 6

Jean

Je dois faire attention de ne pas retrouver mes vieux démons. J'avais une vie paisible, une femme magnifique et des enfants. Je ne souhaiterais rien de plus. Je ne dois pas me laisser perturber par ce genre de choses. J'ai toujours été curieux de nature mais je dois laisser tomber. Je ne dois pas me soucier de cette jeune femme, même si j'ai plein de questions qui me viennent. J'ai toujours aimé me prendre la tête. Essayé de trouver des histoires aux gens, me faire des films. La voiture s'avance à travers les petites rues sinueuses. Il n'y a pas beaucoup d'habitations entre ma maison et ma destination. Je dois faire attention de ne pas rouler trop vite. J'espère ne rien avoir oublié. J'ai toujours peur qu'il me manque quelque chose. J'ai bien préparé mon cours. J'arrive à l'université. C'est un beau bâtiment, immense. Il a une incroyable hauteur. Je ne pourrais pas vous dire l'année de création, je ne suis pas professeur d'histoire. La porte principale est parfaitement entourée de colonnes. Des statues viennent surplomber l'édifice. Je ressens toujours une sacrée émotion à chaque fois. Ce bâtiment inspire et donne envie d'apprendre, de réfléchir. De grandes fenêtres laissent passer la lumière sur la grande salle d'entrée.

On dirait un endroit sacré où le savoir se transmet. Je me sens dans un autre rapport avec les autres. J'ai toujours su ce que je voulais faire plus tard. Plus jeune, je rêvais d'être celui devant le grand tableau vert. De pouvoir donner aux autres. Je trouve une place facilement. Nous avons des places attitrées pour les professeurs. Ce sont les petits avantages. Il y a beaucoup de monde. Chaque matin, je vois l'attroupement d'étudiants qui attendent le début des cours à l'entrée. Il y a un style étudiant. J'aime les regarder et les décortiquer. Après de nombreuses années d'enseignement, je peux vous citer la plupart des styles. Nous avons le sérieux avec le costard cravate, le décontracté avec le short tout au long de l'année et mon préféré, l'artiste avec des coupes de cheveux improbables. Il a l'air à moitié endormi avec toujours une cigarette ou autre chose dans les mains. Je traverse cette marée humaine difficilement. Ils ont le chic pour rester en plein milieu sans se soucier du monde. Je croise plusieurs de mes collègues mais je ne m'attarde pas. Je ne suis pas du genre à discuter pendant des heures. J'aime aller à l'essentiel. Le doyen me fait signe de loin. Je ne m'arrête pas. J'arrive enfin à ma salle de cours. Le grand amphithéâtre a une capacité de deux cents places. J'observe mes élèves. Ils sont tous devant leur ordinateur. Des yeux dépassent au-dessus. Je plonge la salle dans l'obscurité pour projeter sur le grand écran blanc derrière moi. La technologie a bien évolué depuis mes débuts. Tout est tactile. Je peux tout contrôler. Debout devant tous ces esprits à l'affût, je m'adresse à eux. Je ne suis pas très à l'aise, même après toutes ces années, mais le besoin de transmettre est plus fort que le stress. Le micro me permet de me faire entendre des endormis dans le fond.

— Nous avons terminé la dernière fois sur l'histoire. Comment construire une histoire ? Je vous ai expliqué qu'il doit se passer quelque chose ? Quand vous écrivez, le lecteur doit ressentir l'intrigue. Vos personnages vont devoir résoudre ces problèmes. Ils vont donc avoir un tas

36

d'épreuves dans leur quête. Cela peut être une quête physique avec la recherche d'un objet physique ou d'une vérité. Le ou les héros vont devoir mener une enquête pour trouver ou retrouver leur passé. Vous pouvez jouer avec le temps.

Je fais défiler derrière moi des photos de grands classiques (Hitchcock, et des nouveaux films) où le héros est pris dans une spirale infernale.

— On doit apprendre des éléments progressivement. Faites saliver votre lecteur ou le spectateur. Ne révélez pas tout. Le mystère se travaille et se nourrit de lui-même.

Je vois une main se lever au fond de la salle depuis quelques minutes. Au début, je pense qu'il s'agit d'une ombre. Je ne vois pas très bien avec le reflet du vidéoprojecteur. Il n'y a jamais de questions. Ils sont tous très assidus, prenant des notes tout au long du cours. La main est toujours levée.

— Oui, vous avez une question ?

J'entends au loin sans comprendre le contenu.

— Pouvez-vous vous lever pour que tout le monde puisse vous entendre ?

La personne se lève mais je ne vois toujours pas son visage.

— Vous parlez d'écrire sur le mystère et le passé. Quel est le lien ?

— Oui, les évènements présents vont être guidés par le passé.

— Je ne comprends pas. On a toujours le choix.

— Oui, mais notre passé, notre expérience va déterminer notre comportement et notre façon de voir les choses. Le passé est le révélateur.

— À quel moment doit-on le dévoiler ?

— À la dernière minute, on ne doit pas le révéler tout de suite. Lorsque vous écrivez votre histoire, les secrets n'ont plus d'importance une fois divulgués. Ils perdent leur force et n'existent plus. Il faut être comme un magicien. On peut montrer le tour mais pas le secret. Le secret doit être bien gardé.

— Et vous, professeur, avez-vous des secrets ?

Ma gorge se bloque et est de plus en plus sèche. J'ai toujours été sûr de moi sur mes sujets mais je n'aime pas trop parler de moi. Pourquoi une telle question ? Je dois rester moi-même, ne pas être perturbé.

— Je vous demande pardon ?

Le silence se fait. Je répète la question. Je n'obtiens pas de réponse. J'ai tous les regards médusés sur moi. Ils ressentent mon

38

changement de comportement. Je ne suis plus sûr de moi. Ma main tremble et je m'éponge le front avec un mouchoir. Je dois me reprendre et effacer les traces de gêne.

— Nous allons continuer, si vous le voulez bien.

J'ai terminé mon cours normalement mais je sentais les regards médusés de mes élèves. Ils ont peut-être le doute. Pourquoi cette personne avait-elle fait irruption dans mon cours ? Je n'ai pas pu voir son visage. Ça peut être n'importe qui. Il y a le choix avec la centaine d'élèves présents. Toutes ces interrogations me perturbent. Cette personne savait quelque chose. Je n'ai jamais parlé. De toute façon, je ne pourrai jamais le dévoiler. Je l'emporterai dans ma tombe.

Chapitre 7

Charles

Je vais passer une nuit blanche. On a rassuré comme on pouvait ces pauvres témoins. Qui ne serait pas choqué de retrouver un mort au fond de son jardin ? Le corps est dans un tel état qu'il a fallu quatre heures pour le déterrer. Ils ont dû le sortir délicatement. Les yeux étaient restés intacts. Il avait le regard dans le vide, fixant un point avec ce bras tendu. On aurait dit qu'il voulait nous dire quelque chose. J'ai regardé les gars le transporter comme un objet précieux. La morgue n'était pas juste à côté. J'ai dû reprendre ma voiture et rouler une bonne demi-heure. Je m'allume une cigarette le temps du trajet. J'avais un tas de questions. Pourquoi ce corps avait-il été enterré dans cette maison et pour quelle raison ? Je reste dans le flou.

La morgue était un petit bâtiment gris et froid au milieu de nulle part. Il n'avait aucune inscription. Personne ne trouvait cet endroit de lui-même. J'étais venu une ou deux fois. Je peux garer ma voiture facilement sur le parking désert. Il n'y a personne. La pluie fait encore son effet. Quel décor ! On est loin des paysages de cartes postales. Il me faut un petit remontant. J'en laisse toujours un dans la boîte à gants. La petite gorgée va m'aider à tenir la nuit. Je vais revoir le docteur Watt.

Je me trouve devant la porte principale mais celle-ci est verrouillée. Je tape plusieurs fois et tente de regarder à travers la vitre. Personne ne vient m'ouvrir. Le médecin est âgé et à moitié sourd. Il doit avoir dans les quatre-vingts ans. Je laisse mon doigt appuyé sur la sonnette et au bout de plusieurs minutes, la silhouette du médecin se présente devant moi.

— Une minute, une minute, j'arrive.

La porte s'ouvre lentement et il se tient devant moi avec toute la panoplie médicale. Il est habillé avec sa protection verte de la tête au pied, masque et gants.

— Entrez.

Je le suis à travers ces couloirs étroits. Le bâtiment n'est pas grand mais il faut une carte pour se repérer dans ce labyrinthe. L'endroit est totalement vide. Il a l'air tout excité comme un enfant. On vient de lui apporter de quoi s'occuper. Il marche assez vite pour son âge. Il n'a peut-être pas connu de telle affaire dans sa carrière. Nous arrivons à la salle principale. Nous sommes entourés de casiers avec des numéros. Le médecin ouvre un des sas, tire la plaque et dévoile le corps. Il est maintenant au centre de la pièce, recouvert d'un drap blanc. Il fait tellement froid ici. Il a placé sur une petite table tous les accessoires nécessaires.

— Vous ne pouvez pas mettre du chauffage ? On se pèle ici.

— Ne soyez pas ridicule. Nous devons avoir la température idéale pour la conservation.

— Oui, passez-moi les détails. Alors ?

— C'est la première fois que je vois cela.

— Un mort ?

— Arrêtez de vous foutre de moi.

— Excusez-moi, j'arrête mes conneries.

— Vous l'avez retrouvé où ?

— Des témoins l'ont retrouvé dans leur jardin. La pluie et la boue ont fait remonter le corps.

— C'est étonnant.

Il est en train de manipuler le corps comme une vieille poupée. Il semble émerveillé. On dirait un gosse avec son jouet.

— Il s'agit d'un homme d'une vingtaine d'années. Il est très bien conservé.

— Oui, il doit être là depuis quelques jours ou quelques semaines au plus.

— Non.

— Pardon ?

— Il est là depuis plus longtemps que ça.

— Vous me charriez ?

— Allez, devinez depuis combien de temps.

— Un mois ?

— Plus

— Six mois ?

— Plus.

— Bon, dites-moi, je n'ai pas le temps pour ces conneries.

— J'essaie juste de détendre l'atmosphère. Vous avez l'air tellement crispé.

— Je n'ai pas beaucoup dormi et je suis un peu fatigué en ce moment.

— Il est là depuis des années.

— Autant de temps ? Comment le corps a-t-il tenu ?

— Il devait être dans un endroit clos, à l'abri.

— Un cercueil ?

— Oui, ça peut arriver dans certains cas. On peut garder le corps intact mais il faut l'entourer d'un drap ou autre chose.

44

Il continue à le regarder dans les moindres détails, les bras, les jambes, la bouche. Il prend une multitude de photos.

— On sait quand il est mort, maintenant, il faudrait savoir de quoi il est mort.

— Il y a des traces autour du cou comme si on avait voulu l'étrangler, mais je ne saurais pas vous dire si cela l'a tué.

— Il aurait pu être enterré vivant ?

— C'est une éventualité. Je dois continuer mes analyses. Vous voulez rester avec moi ?

— Heu, non. Je commence à avoir des haut-le-cœur à force de vous voir le manipuler dans tous les sens.

— Vous êtes sûr ? C'est peut-être la dernière fois que vous verrez ce genre de cas.

— Sans façon, je vous laisse profiter au max.

En m'éloignant, je vois le médecin devant sa passion de regarder la mort tous les jours. Il semble heureux.

J'appelle le sergent qui semble ne pas s'être totalement remis de sa rencontre avec la mort :

— Il faut chercher les personnes disparues en 2000.

— Mais ça remonte à pas mal de temps, il faut aller voir dans les archives.

— Ne discute pas, rejoins-moi au commissariat et prépare le café, on va en avoir besoin. La nuit va être longue.

Chapitre 8

Sophie

Je suis tout excitée. Je vais pouvoir assister à mon premier cours. Ma vieille Twingo tient encore la route. Je ne connais pas encore l'endroit. Il faut un GPS pour sortir du petit village qui ne capte pas tout le temps. Le réseau a du mal à passer ici. Je ne sais pas comment je pourrai poster mes photos. Je regarde les panneaux pour trouver la route. Je ne suis pas loin. Les cours sont à peine à deux minutes. Je m'arrête pour demander mon chemin. Les gens m'indiquent correctement. C'est peut-être parce que je suis une femme. Les hommes renseignent plus facilement lorsqu'il s'agit d'une femme, surtout si elle est bien habillée et maquillée. Le temps passé devant mon miroir porte ses fruits. J'ai mis ma plus belle robe avec talons et bijoux. Toute la panoplie pour ne pas passer inaperçue. Je vois l'université. Quel beau bâtiment !

Il est comme dans mes rêves : le sacre du savoir. Il y a pas mal de monde devant. Je m'incruste dans un groupe à l'entrée. Ils parlent tous de choses et d'autres. Ils n'ont pas l'air très intéressants mais je dois me faire accepter. L'intégration est la priorité. Je n'ai pas de mal à me faire apprécier surtout avec mon style. Je vois déjà les regards de certains des garçons. Ils sont tous les mêmes. Il ne faut pas beaucoup de temps pour cerner leur personnalité. Ils sont soit intéressés par les filles ou les jeux vidéo. Ils ne se passent rien d'autre dans le monde. Après, ce n'est pas désagréable de sentir ce pouvoir de séduction. Je prends ma revanche sur mon enfance. J'étais la fille que personne ne regarde. Celle qu'on ne choisit pas lors des jeux. Maintenant, tout cela est derrière moi. Il me suffit de faire un beau sourire et de bouger lentement mes cheveux pour voir le monde changer. Le groupe se dirige vers la salle de cours. Je ne vais pas me mettre au premier rang. J'aime bien me mettre au fond pour scruter la salle. Un grand amphithéâtre où toutes les choses sont possibles. Même si mon physique est devenu celui d'une bimbo, j'ai gardé mon esprit.

J'ai toujours mon but. Ils ont l'air tous heureux à discuter avant le cours. Il y a tellement d'insouciance. Je suis plus mûre.

Certains évènements de la vie m'ont fait grandir plus vite. Le cours commence dans la pénombre. Des images défilent, de grands films. La photo de James Stewart et Kim Novak dans le film *Sueurs froides*. J'adore ce film. Il n'y a rien à jeter. La tension monte à chaque plan. L'étau se resserre petit à petit sur le héros. Il ne peut rien faire contre la spirale. Il est comme happé petit à petit pour tomber à la fin. Ce film me fait penser à un animal : la pieuvre. Elle est un formidable prédateur et pourtant, elle n'a pas de dents ni de griffes. Elle n'a que ses ventouses. Par contre, une fois que vous êtes collé, vous ne pouvez plus rien faire. Je me sens comme elle, avec mes tentacules prêts à se refermer sur ma proie. Les photos défilent avec un discours du professeur. J'attends le bon moment. Je lève ma main sans rien dire. Il va finir par me voir. Il ne pourra pas me reconnaître avec la lumière sur le visage. Je me lève et pose ma question.

— Vous parlez d'écrire sur le mystère et le passé. Quel est le lien ?

[…]

— Et vous, professeur, avez-vous des secrets ?

Je ne réponds pas à sa dernière question et j'en profite pour sortir discrètement par la porte arrière. Il ne doit pas me voir.

Chapitre 9

Jean

Cette journée avait pourtant bien commencé. Elle ressemblait à tant d'autres. Le petit déjeuner avec la famille, le trajet en voiture et les cours. Tout devait se dérouler sans encombre. Pourquoi quelqu'un voudrait faire ressortir ce vieux dossier ? J'arrive péniblement à ranger mes affaires dans mon cartable. J'ai un mal de crâne qui monte. Heureusement, j'ai toujours sur moi des cachets d'aspirine. Je n'y avais pas repensé depuis de nombreuses années. J'avais enfoui cet élément au plus profond de moi. La salle est maintenant vide et je m'apprête à partir. Et à ce moment-là, je l'aperçois. Ma nouvelle voisine se dirigeant vers moi avec sa robe et ses cheveux au vent. Elle a un sourire éclatant. Elle ressemble aux filles dans les magazines. Tellement parfaites et irréelles à la fois ! Toutes les autres personnes paraissant si fades. Elle les éblouit par sa beauté. Tous les regards se tournent sur elle. Elle avance d'un pas déterminé vers moi. Je ne sais pas comment je vais réagir. Elle n'a pas l'apparence des autres et ne rentre pas dans mes profils types d'étudiants. Quelque chose ne colle pas. Elle débarque ce matin et vient vivre juste devant chez moi et maintenant, elle est sur mon lieu de travail. Elle me suit. Il s'agit d'un nouveau jeu. On faisait bien des concours avec des amis à mon époque.

— Bonjour.
— Bonjour.
— Vous voulez quelque chose ?
— On ne s'est pas présentés ce matin.
— Heu…
— Je vous ai fait signe de la main.
— Ah oui, vous avez emménagé en face dans l'ancienne maison du vieux Hobb. Tout se passe bien ? Il n'y a pas trop de travaux ? Enfin, je veux dire, pour vous cela va être compliqué, parce que vous êtes… enfin…

Je n'arrive pas trouver mes mots. Je suis presque en train de bégayer.

— Non, ne vous inquiétez pas. Je sais me débrouiller.
— J'ai l'impression que vous me suivez.
— Non, pas du tout, je suis inscrite à la fac.
— Ah bien, vous suivez quel cours ?

— Bah, pour être franche, je suis le vôtre. C'était très intéressant.

— Merci, mais je ne vous ai pas vue.

— Je suis arrivée un peu en retard. Mais j'ai écouté tout le reste. Vous êtes tellement passionnée. Vous savez faire vivre le cours.

— Heu oui, je fais cela depuis des années. Mais c'est assez rare de pouvoir s'inscrire au milieu d'année. Nous refusons systématiquement les demandes hors délais.

— Je peux être très persuasive.

— Ah, je comprends.

— Non, pas de ce genre-là, je suis butée et j'ai tellement insisté auprès du doyen qu'il a fini par céder.

— Vous avez de la chance, je le connais depuis longtemps, il ne cède pas si facilement.

— Je vous le dis. Je peux trouver les bons arguments.

— Bon, je dois partir pour mes autres cours. Nous nous reverrons plus tard.

Je ne sais pour quelle raison, elle s'est avancée vers moi et m'a embrassé. Je l'ai repoussée tout de suite. Je n'ai pas compris sur le moment.

— Mais qu'est-ce qui vous arrive ?

— J'avais envie.

— Mais on ne peut pas !

— Je vous ai vu me dévorer des yeux quand je suis arrivée.

— Mais non, je regardais juste. Je n'ai pas à me justifier. Je pourrais vous renvoyer pour ça.

— Mais vous ne le ferez pas.

— Ah oui et pourquoi ça ?

— J'ai immortalisé le moment. Regardez en haut. Faites coucou à la caméra.

J'ai aperçu son téléphone dirigé sur nous.

— Vous n'imaginez pas tout ce que l'on peut faire avec la technologie de nos jours.

— Ah, bien joué. Vous m'avez eu. C'est une bonne blague. Vraiment, chapeau ! Vous pouvez tous sortir. C'est bon, je me suis fait avoir.

J'ai attendu un moment mais personne n'est sorti. Il n'y a qu'elle devant moi avec ce sourire démoniaque.

— Ce n'est pas une blague.

— Vous savez, il me reste juste à courir vers le téléphone et effacer la vidéo.

— Vous ne le ferez pas.

— Ah bon et pourquoi ça ?

— Parce que je vais crier si vous faites cela. Comment allez-vous expliquer la scène ?

— Il n'y a rien à expliquer. Vous allez passer un sale quart d'heure et votre année est finie. Elle n'aura pas duré longtemps.

— Imaginez la scène, si je crie et déclare que vous avez voulu abuser de moi. Une pauvre fille sans défense. Vous m'avez forcée.

— Personne ne va vous croire. Vous êtes folle.

— On peut essayer si vous voulez. Mais je vous l'ai dit, je peux être très persuasive.

Je ne cours pas vers le téléphone. Je suis bloqué par une force invisible comme un insecte dans une toile d'araignée. J'aime tellement ce travail. Cela représente toute ma vie. J'ai mis tellement d'efforts et de temps pour arriver jusqu'ici. Je ne veux pas tout perdre pour une gamine.

— Qu'est-ce que vous attendez de moi ?

— Juste s'amuser un peu, mettre un peu de piment dans la vie. Vous ne voulez pas vivre des choses qui changent de l'ordinaire ? Avoir un peu d'excitation ? Je peux vous donner cela, l'adrénaline de vivre un moment inattendu.

— Je n'ai pas besoin de ça. Vous ne connaissez rien de ma vie et je n'ai rien à prouver à une gamine.

Je l'ai laissée et je suis sorti d'un pas décidé. Je n'avais qu'une idée en tête. Je devais aller voir le doyen pour tout lui expliquer avant que cela ne dégénère. Si je suis le premier à parler, il pourrait m'écouter et comprendre. J'irai le voir après les cours du matin.

Chapitre 10

Charles

J'ai au moins le plaisir de faire vibrer le moteur de mon petit bijou. Je ne vois pas le sergent. Il ne doit pas avoir la force pour bouger. Le médecin m'a apporté plus de questions que de réponses. Il n'arrêtait pas de prendre des photos. On aurait dit un gamin découvrant un trésor. Je pense qu'il est devenu à moitié fou à force de rester seul avec ces morts. Il avait l'air de prendre du plaisir à le découper minutieusement. Il a scruté les moindres recoins de ce pauvre type. On sait maintenant qu'il s'agit d'un homme d'une vingtaine d'années, mort il y a plus de vingt ans. Quelle coïncidence ! Je devrais voir les disparations signalées à cette époque. Le commissariat est désert. Il y a le vieux Ted qui fait semblant de vérifier les entrées et sorties mais il dort la plupart du temps. L'endroit ne date pas d'hier. Les murs sont recouverts d'une couleur grisâtre étrange. Les vitres extérieures ont été fracturées et dégradées. Des demandes ont été faites pour donner un coup de fraîcheur, mais rien ne s'est encore passé. Les néons au plafond fonctionnent une fois sur deux. L'ascenseur et la machine à café sont hors service. Comment voulez-vous bien travailler sans café ? L'escalier va me faire du bien.

J'ai le souffle coupé après deux étages. Je me rappelle dans ces moments le tabac et l'alcool. J'arrive difficilement au quatrième étage. Les archives ont été placées le plus loin possible pour je ne sais quelle raison. Peut-être que personne ne s'intéresse au passé. Je dois traverser de longs couloirs étroits avec un plafond très bas. Je me sens comme une petite souris prise dans un labyrinthe. Après m'être perdu plusieurs fois, je retrouve l'emplacement du bureau. J'ai dû m'y rendre une fois depuis que je suis en service. Personne ne vient à cet étage. Des piles de cartons contenant des dossiers bloquent l'entrée de la porte. Des affaires de plusieurs années viennent rejoindre ce bordel. Je pousse les cartons pour entrer. J'aurai fait mon sport pour la semaine. Je ne suis plus habitué à toutes ces conneries. À l'intérieur, je trouve une petite pièce avec des piles de dossiers formant des colonnes presque symétriques. Tout l'espace est quasiment occupé. Comment peut-on s'y retrouver dans tout ça ? Je vois au centre de la pièce éclairée par une petite lampe au plafond la seule personne qui pourrait m'aider.

On l'appelle le « croquemort du passé ». Il fait entre cent et cent vingt kilos. Il a un minuscule bureau avec des déchets de toutes sortes : canettes, biscuits… Il avait été spécialiste informatique mais son poste avait changé en documentaliste. Il ne se plaignait pas car on ne venait pas le déranger. Il pouvait être seul dans son coin à manger toute la journée. Je vois à son regard qu'il ne va pas être commode.

— Alors, tout se passe bien ?

— Tu te fous de moi ? T'as vu l'heure ?

— Je sais mais c'est exceptionnel. Je dois savoir si tu as quelque chose.

— J'étais bien chez moi et tu me fais venir en pleine nuit pour une vieille histoire. Tu sais le temps que ça m'a pris pour venir ?

— Allez ! Je te le demande comme un service. Je te revaudrai ça.

— T'as intérêt ! Je n'aime pas les imprévus. J'aime ma petite vie tranquille. Je ne fais chier personne et j'aimerais qu'on fasse de même.

— Ça sera la dernière fois, après je te laisse tranquille.

— Alors, tu veux quoi ?

— Tu peux retrouver les cas de disparitions en 2000 ?

— Il y a un rapport avec le gars qu'on a trouvé ?

— Peut-être. Je ne peux pas tout te dire pour l'instant.

— Attends, je dois pouvoir te trouver ça.

Je ne sais pas comment il pouvait tenir dans une aussi petite pièce. Son énorme main tapote à une vitesse folle sur son clavier. Les pages défilent. Je ne comprends pas ce qu'il fait. Il a une telle dextérité. Des fenêtres s'ouvrent puis se referment. Il semble réfléchir à voix haute et me parle mais ses mots n'ont pas de sens. Je ne suis pas un as de l'informatique.

Au bout de quelques secondes, il esquisse un sourire et sort un « bingo ! ».

— T'as trouvé ?

— Alors, il y a trois disparitions cette année-là dans les environs. Nous avons une gamine de seize ans et deux hommes.

— Oublie la gamine ! Donne-moi l'âge des gars ?

— Le premier avait soixante-cinq ans.

— Non, trop vieux, et l'autre ?

— Vingt-sept.

— Ça doit être lui. L'homme devait avoir une vingtaine d'années à cette époque.

— Tu as un nom ?

— Heu, il s'agit d'un dossier général.

— Et alors, il doit bien y avoir son nom ?

— Bah non, il faut retrouver son dossier.

— Il n'est pas dans la bécane ?

— Bah je ne sais pas pourquoi mais le nom n'a pas été rentré informatiquement. Il doit rester une trace en format papier.

— Ils sont où ces dossiers ?

Il fait un demi-tour avec sa chaise de bureau et me montre le tas de dossiers derrière.

— Ils sont rangés par année. Regarde le premier tiroir de l'étagère. Ça doit être l'année 2000.

Je sors de l'étagère l'année mais il y a plus d'une centaine de dossiers.

— On a fait autant d'affaires cette année-là ?

— Tu les as toutes, du petit vol à la disparation. Ça devrait te prendre un petit peu de temps.

— Ça ne peut pas être simple. Il suffit de classer !

— La personne avant moi n'était peut-être pas aussi compétente.

Il me sourit et se ressert un verre complet de Coca. Je prends la pile de dossiers et m'assois au sol pour les consulter.

— Maintenant que tu as ta réponse, je me casse.

Il me laisse seul avec ma pile de dossiers. Il a dû mettre cinq bonnes minutes pour sortir de la pièce.

Je tourne les feuilles à la recherche de cette affaire. Je dois avoir un nom et identifier ce corps. Le jour se lève et je tombe enfin dessus. Le jeune homme s'appelle Marc Busso. Il a disparu le 2 décembre 2000. Personne n'a compris les raisons et aucun suspect n'est apparu. Il vivait avec sa mère et avait une petite copine à cette époque. Je vais aller lui rendre visite pour lui expliquer et tout lui raconter. Le choc sera terrible après tout ce temps mais je dois le faire.

Chapitre 11

Jean

Les cours se sont passés sans encombre. J'ai exposé mes cours devant des étudiants disciplinés. J'essaie de ne rien faire transparaître. Je ne veux pas montrer mon mal-être et ma gêne. Il n'y a rien de grave. Le doyen n'est pas très jovial mais il est compétent et sait prendre les bonnes décisions. Il va préférer croire un de ses vieux enseignants plutôt qu'une gamine. Je viens de finir mon dernier cours de la matinée. J'étais ailleurs. Tous ces évènements m'ont perturbé. Je n'aime pas me faire avoir aussi facilement. Je me faufile à travers les étudiants. Devant son bureau, j'ai un moment d'hésitation. Je vais peut-être trop vite. Je pourrais négocier avec cette fille. Elle a l'air déterminée. Je ne peux pas prendre le moindre risque et tout perdre pour un détail. Lisa ne me pardonnerait pas. Elle m'aime mais peut prendre des décisions extrêmes. La porte est entrouverte. Il est devant son immense fenêtre. Il a les bras croisés dans le dos, regardant au loin. Pour son âge, il a toujours une certaine classe, avec son costume impeccable. Il impressionne tout le monde par son charisme et personne n'ose le contredire. Son bureau est propre et rien ne traîne. Il a derrière lui une bibliothèque renfermant d'anciens ouvrages. Il y a une odeur agréable. Je rentre et m'assois. Il reste immobile et silencieux à sa place.

— Excusez-moi de vous déranger mais je devais vous voir.

— J'ai toujours trouvé ce décor magnifique.

— Je vous demande pardon ?

— Je suis là depuis plus de trente ans et je suis toujours émerveillé par ce lieu.

— Oui, je pense aussi que nous avons de la chance et voilà pourquoi je voulais vous voir.

— J'ai mis tant de temps pour être à cette place. Je l'ai façonnée à mon image. Un lieu reconnu par tous. Un lieu d'excellence. Savez-vous à quoi on reconnaît l'excellence, professeur ?

— Heu, je suppose que tout doit être parfait.

— Oui, c'est ça. La perfection est une belle chose, sans cela, nous serions dans le chaos. Tout doit être à sa place.

— Oui, si je peux juste vous dire…

— Laissez-moi finir, je vous prie. On ne peut pas enlever des années dans un éclair. Notre monde ne doit pas s'écrouler pour un seul élément. Je ne sais pas si vous me suivez, professeur. Rien ne doit entacher l'université. Sa réputation et son image doivent rester intactes. Vous voyez où je veux en venir ?

— Je suis tout à fait d'accord avec vous. Et c'est pour cette raison que je dois vous parler.

— Avant cela, prenez la feuille sur mon bureau devant vous.

Je ne comprends pas la situation. Il a un comportement étrange. Je commence à lire la feuille.

— Vous ne pouvez pas me faire ça ?

— J'ai essayé de vous expliquer les raisons.

— Il ne s'est rien passé.

— Ce document prouve le contraire.

— Je trouve que c'est un peu exagéré. Je n'ai jamais fait un seul écart depuis que je suis chez vous. Et je prends cette sanction sans raison.

Il se retourne et hausse la voix :

— Vous n'avez pas le bon comportement. Vous vous rendez compte de votre acte ?

— Je ne voulais pas. Il s'agit d'un malentendu. Je veux justement vous l'expliquer et j'espérais un peu de compréhension de votre part.

— Vous vous moquez de moi ?

— Je suis innocent. Elle m'a forcé. Elle m'a tendu un piège.

— Lisez cette lettre et vous pouvez partir.

— Je suis mis à pied pour ça ? Attendez, comment avez-vous su ?

— Je n'ai pas à vous dévoiler mes sources mais pour vous faire part du bien-fondé de mes décisions, ouvrez l'enveloppe devant vous. On me l'a déposée ce matin.

L'enveloppe contenait la photo de ce matin. On nous voyait nous embrasser. Elle avait un certain sens de la mise en scène et du cadre.

— Je suis venu pour tout vous expliquer. Cela ne prouve pas ma bonne foi ?

— Cela ne prouve rien. C'est trop tard. Je vous l'ai déjà dit, je ne prendrai aucun risque pour notre établissement. Ce lieu a beaucoup plus d'importance que vous.

— Je vous demande juste de me croire. Je ne suis pas un menteur. J'ai toujours fait preuve de professionnalisme. Vous pouvez fermer les yeux dessus ?

— Je reste sur ma décision et maintenant, vous pouvez me laisser.

— Vous êtes des fois tellement buté.

— Faites attention, je peux vous ajouter d'autres sanctions si vous dépassez les bornes.

— Laissez tomber, je prouverai mon innocence tout seul.

Je le laisse seul avec ses concepts de la vie. Mais au moment de sortir, une dernière question me vient à l'esprit.

— Pour quelqu'un qui prône les règles, vous avez bien dérogé à celle-ci avec certains, ou je dirais avec certaines.

— Je ne vois pas de quoi vous parlez.

— Arrêtez de faire l'innocent, vous choisissez de suivre le règlement quand cela vous arrange.

— Vous discutez maintenant mon intégrité ?

— Vous n'arrêtez pas de répéter l'importance du règlement mais vous avez cédé si vite.

— Mais de quoi vous parlez, bon sang ? Vous devenez fou à la fin ?

— Ah, oui, il suffit d'une jeune et jolie fille pour que tous vos idéaux éclatent en morceaux.

— De quelle fille vous parlez ?

— Vous avez permis à une étudiante de s'inscrire cette semaine alors que vous savez très bien tout comme moi que les inscriptions sont totalement interdites en milieu d'année.

— Je n'ai fait inscrire personne.

— Vous ne voulez pas le dire. Vous avez honte d'avoir craqué si facilement. Elle a de sacrés arguments.

— Sortez, maintenant. Vous allez trop loin.

Au moment de sortir, je sentais qu'il y avait une gêne sur son visage.

La secrétaire du doyen se trouvait juste à côté et avait dû entendre la plupart de l'entretien. Elle semble surprise de me voir au moment de sortir.

— Je peux juste vous demander un renseignement avant de partir ?

— Qu'est-ce que vous voulez savoir ?

— Pouvez-vous me donner des informations sur une étudiante ?

— Oui, laquelle ?

— Je ne connais pas son nom. Elle a dû s'inscrire cette semaine.

— Mais, professeur, nous n'inscrivons personne à cette période de l'année.

— Vous êtes sûre ?

— Oui.

— Vous pouvez vérifier dans vos dossiers ?

Elle remet ses lunettes sur ses yeux. Elle ouvre un de ses tiroirs et sort le cahier des inscriptions.

— Vous pouvez passer par l'ordinateur ? On gagne un temps fou avec.

— Vous n'allez pas m'apprendre mon métier. Je ne suis pas fan des nouvelles technologies. Il n'y a rien de fiable. On peut vous pirater à tout moment. Je travaille à l'ancienne avec mes dossiers bien rangés sous clef.

— Alors ?

— Je viens de vérifier et personne n'a été inscrit pendant ce mois.

Et si le doyen disait la vérité ? Il a peut-être été dupé comme moi. Je vais lui demander des explications. Elle est allée trop loin.

Chapitre 12

Sophie

J'ai dû me dépêcher pour imprimer cette jolie photo. J'imagine la tête qu'il a dû faire. Il a dû penser que je ne jouerais pas. La première phase du plan venait de se mettre en place. Tout devrait s'enchaîner comme prévu. Je suis rentrée pour peaufiner les derniers détails. Je retrouve la boîte laissée dans la cave. C'est le moment de l'ouvrir. J'affiche sur le mur un immense poster avec au centre la photo de notre cher professeur. Chaque étape doit être effectuée dans le bon ordre. J'ai préparé tous les outils. La chaise au centre de la place sera impeccable. Des ceintures permettront de le bloquer. Je pourrai avoir tout le temps que je souhaite. Personne ne le trouvera ici et je suis prête à le recevoir. Je sirote un bon vin pour l'évènement. J'ai mis tellement de temps pour arriver jusqu'ici. Je vais me préparer pour la petite soirée. Je dois être la plus belle. Le maquillage s'étale sur mon visage délicatement. Le rouge à lèvres fait apparaître un rouge vif. Mes cheveux viennent se poser parfaitement sur ma nuque. J'ai tellement changé.

Quand je regarde dans ce miroir, je vois une autre personne. Je tourne sur moi-même pour faire voler le bas de ma robe. Je me sens comme Marilyn Monroe. Quelle femme ! Tous les hommes se retournaient sur elle. Elle avait le pouvoir, celui de la séduction et il peut faire des ravages. L'amour est une arme redoutable. Il peut tuer et faire mourir n'importe qui. Tout le monde est concerné. Je n'ai pas de flingue ni de couteau mais j'ai mon charme fou. Il ne pourra pas se cacher indéfiniment. Il finira par craquer. J'arrive toujours à mes fins. Il suffit de trouver les bons arguments. J'ai vu sa réaction quand je l'ai embrassé. Il avait l'air gêné mais il y avait plus. Je sentais l'adrénaline monter en lui. Je peux maintenant le chasser. Il ne va être rien que pour moi. L'étau se resserre sur lui. Il doit déjà penser à moi. Sa femme ne doit pas être au courant. Il est faible et ne pourra pas lui avouer. Je dois occuper toutes ses pensées. Mon visage se grave sur ses yeux. Notre rencontre a été tellement belle et soudaine. Il ne pourra pas m'oublier. J'ai changé sa petite vie si tranquille. Bientôt, il ne sera rien qu'à moi.

Je ne suis plus cette petite fille d'autrefois. Je n'ai plus peur des autres et maintenant je peux vivre pleinement les choses. En face, il y a un défilé de voitures. Ils ont l'air cool. Je vais pouvoir faire mon petit effet. Je claque la porte et regarde cette magnifique maison en face. Je vais passer une bonne soirée.

Chapitre 13

Jean

Je n'ai pas bougé du canapé depuis que je suis rentré. Les enfants sont encore en train de mettre un bordel dans le salon. Lisa est dehors sur le transat en train de bronzer. Je ne peux m'empêcher de penser à elle. Pourquoi avait-elle débarqué dans ma vie et voulait-elle tout foutre en l'air ? Je regarde par la fenêtre cette mystérieuse maison. Je dois trouver un prétexte pour aller la voir. Elle doit aller parler au doyen pour tout lui expliquer. Je ne vais pas me laisser faire. Lisa ne doit rien savoir. Elle peut avoir la même réaction que le doyen. J'attends juste le bon moment et je vais aller la trouver. Avec des menaces et une voix forte, elle lâchera l'affaire.

— Tu viens te préparer ?
— De quoi ?
— Mets une autre chemise.
— Pour quoi faire ?

— Arrête de me charrier, tu sais bien que nous recevons ce soir. Les invités ne vont pas tarder.

— Je dois te dire quelque chose.

Elle se trouve devant moi et je ne veux pas lui faire du mal. Je peux résoudre le problème sans la faire souffrir. Elle ne mérite pas ça.

— Alors ? Tu voulais me dire quoi ?

— Non, laisse tomber.

Elle se retourne et me fait signe de la suivre.

Je n'aime pas recevoir des gens. Tout me semble si fade. Chacun parle de soi et n'écoute personne. On fait semblant de rire aux blagues.

Je prends une douche et me lave le visage. J'irai la voir juste après le repas. Je sens la colère monter en moi. Je dois me calmer. Je vais faire semblant comme d'habitude de m'intéresser un minimum aux autres mais je n'ai pas la tête à ça. Je n'ai rien à dit à Lisa mais je devrai lui dire un jour. Lisa est déjà prête et ouvre aux premières personnes. Je remets de l'eau sur mon visage. *Tu dois te réveiller.* Je ne veux parler qu'à une seule personne ce soir. J'entends la porte d'entrée s'ouvrir et se refermer. Ils doivent être nombreux. Je n'ai pas eu le temps de demander à Lisa de reporter avec toute cette journée. À chaque soirée, je ne connais pas la moitié des personnes. C'est toujours Lisa qui se charge de ça. Elle aime recevoir et discuter avec les autres de tout et de rien. Je n'arrive jamais à trouver de sujets de discussion. Je suis souvent seul dans mon coin à attendre une conversation intéressante. L'alcool peut être une bonne solution pour oublier mais je dois garder l'esprit clair pour affronter le démon qui habite juste en face de chez moi. Lorsque je descends l'escalier, le salon est rempli. Ils ont tous le sourire stupide aux lèvres. Je me faufile et fais des signes de tête rapides. Lisa doit annuler cette petite fête. Une bonne excuse fera l'affaire.

On me prend par le bras et m'invite à une discussion. Paul avait réussi dans l'immobilier et se prenait pour un boss. Il exposait sa réussite et son argent devant tout le monde. Il porte une énorme montre en or et a la dernière voiture du moment. Je ne sais plus le nom du modèle mais son prix est exorbitant.

— Ne te sauve pas, Charles.

— Je dois voir Lisa. On ne peut pas parler plus tard ?

— Tu as bien cinq minutes pour un vieil ami.

— Qu'est-ce que tu veux ?

79

— Du calme, tu m'as l'air tendu, l'ami.

Il me tend un verre et je le bois d'une traite pour me débarrasser de cet abruti. Il revient à la charge toujours en me tenant le bras. Je déteste que l'on me fasse cela. J'ai l'impression d'être un gamin retenu par ses parents. Pour qui il se prend, ce con ?

— Attends, j'ai une personne qui veut te demander un truc.

— Oui, mais vite. Je dois voir Lisa. C'est important.

Un jeune homme avec lunettes et chemise s'avance vers moi avec un livre. Il a du mal à parler. On dirait un enfant qui n'arrive pas à s'exprimer. Il baisse les yeux et parle faiblement.

— Bonsoir, excusez-moi de vous déranger.

— Oui, allez, qu'est-ce que tu veux ?

— Je suis fan de votre livre. Je trouve qu'il est tellement bien écrit.

— Oui merci, mais je suis attendu.

— Attendez, je veux juste une dédicace.

Il tenait mon livre de fin d'études. C'était le seul livre que j'avais écrit. Il avait eu d'excellentes critiques et m'avait permis d'intégrer la faculté. J'avais mis pas mal de temps pour l'écrire et je récupérais le fruit de mon travail. J'ai pris un stylo et j'ai posé ma signature sur la première page. Je veux m'échapper de ces sangsues.

— À plus, ma star !!!

Il continue de se foutre de moi avec tous ses bijoux en or. On aurait dit une guirlande de Noël. Je n'ai pas le temps pour répondre.

Elle est dans la cuisine en train de parler avec un verre à la main. La cuisine s'est transformée en bar géant avec un plat complet de cocktails maison au centre. Ils sont tous agglutinés dessus comme des mouches. Je m'approche d'elle discrètement.

— Excusez-moi mais il faut que je te parle.

— Arrête de stresser, tu fais ça à chaque fois. Détends-toi et prends un verre.

— Je n'ai pas très envie de boire ce soir.

— Quelque chose ne va pas ? Tu n'as pas l'air bien ?

— Si, ça va, mais on ne pourrait pas annuler ?

— Pourquoi ? Regarde, les gens sont heureux. Ça nous fait du bien de voir du monde. Ils ne sont pas là pour moi mais pour toi.

— Je sais mais je n'aime pas trop fêter mon anniversaire. Tu sais bien. Ça me rappelle le temps qui passe et toutes ces conneries. Tu sais bien.

— Arrête, tout va bien se passer. Fais un effort pour moi, s'il te plaît.

— On ne pourrait pas juste être à deux ?

— Tout à l'heure, quand tout le monde sera parti. On ne sera que tous les deux.

À ce moment, j'ai entendu le fameux refrain scandé par tout le monde. *Joyeux anniversaire !*

Ils sont tous en train de me regarder en répétant les mêmes paroles. Je leur fais signe d'arrêter mais ils semblent heureux et tapent dans les mains. J'observe cette foule d'inconnus devant moi. Je ne reconnais aucun des visages. Il s'agit de connaissances, de collègues et beaucoup d'amis à Lisa. Je balaie du regard chaque personne jusqu'à reconnaître un seul visage parmi eux. Celle qui avait fait basculer ma vie se trouvait là, devant moi. Elle faisait partie de groupe. Elle pouvait passer inaperçue étant donné que la plupart ne se connaissent pas entre eux. C'est à ce moment-là que j'ai aperçu son visage. Elle est là et je suis bloqué par cette foule devant moi. Notre chère voisine et fausse étudiante est dans mon salon en train de me souhaiter un joyeux anniversaire.

Chapitre 14
Charles

J'avais maintenant une adresse. Je pouvais recueillir des indices et des témoignages pour faire avancer cette enquête. J'ai mille questions à poser. Je n'aime pas rester sur ma faim. J'espère qu'elle sera réceptive et pourra m'aider.

Je me suis rendu à l'adresse de la copine de l'époque. Je n'ai pas de chance. La maison a été rasée et remplacée par un petit commerce alimentaire. Tous mes espoirs se sont évaporés en une fraction de seconde. La victime n'avait plus de famille. Les seules chances se trouvaient dans sa mère et sa petite amie. Je n'avais plus de piste. Je ne pourrais même pas dire la vérité à cette pauvre femme. Si j'étais à sa place, j'aimerais savoir. Je n'aurais donc pas la chance de tout lui dire. Le sergent m'avait envoyé un message en ce qui concernait sa mère. Elle était décédée l'année dernière, de vieillesse. Il ne me restait plus qu'une seule personne pour résoudre ce mystère.

Je m'allume une cigarette et contemple ce magasin. Une petite gorgée ne me fera pas de mal. J'ai toujours une petite bouteille dans mon manteau pour les coups durs. Toutes ces traces se sont effacées par un simple lieu. Sans le savoir, il a détruit le passé d'une personne. Je ne pourrai pas connaître sa vie et ses habitudes. J'aurais aimé comprendre la raison de sa mort. Pourquoi avait-il disparu puis été retrouvé mort vingt ans après dans un jardin ? Pourquoi l'enquête n'a pas abouti à l'époque ? Je dois me résigner à laisser le passé derrière moi. La vérité ne sera pas dévoilée. Triste de mourir seul !

Je pense à ce type. Qu'a-t-il dû ressentir dans ces moments-là ? J'étais si près du but et me voilà retourné à la case départ. Je me rallume une cigarette et une petite gorgée pour avoir les idées plus claires. Au moment de partir, j'entends une voix au loin. Derrière moi, une mamie de quatre-vingts ans s'avance avec ses béquilles. Elle sourit. Elle doit être fière de traverser la route vu son état. Je l'aide à s'asseoir sur le banc juste à côté de nous.

— Reprenez votre souffle.

— Je n'ai plus vingt ans.

85

— Vous vouliez me dire quelque chose ?

— Je vous ai vu devant le magasin.

— Oui, je réfléchis.

— Je regarde par la fenêtre toute la journée. Je passe tout mon temps à faire ça. Je connais par cœur la vie de cette rue. Je pourrais tout vous dire à l'heure près.

— Je suis content pour vous mais en quoi cela me concerne ?

— Je ne vous ai jamais vu.

— Non, c'est la première fois.

— Ne me dites pas pourquoi vous êtes ici. Je dois le deviner.

Elle semble tout excitée de chercher. Je vais la laisser faire. Cela doit l'occuper et je n'ai rien à faire dans l'urgence.

— Je sais tout ce qui se passe à la minute près : l'ouverture du magasin est à 8 heures, le départ du voisin à 9 heures pour son travail et le facteur passe à 10 h 30.

— Oui, j'ai compris mais où voulez-vous en venir ? Je n'ai pas beaucoup de temps. On m'attend ailleurs.

— Laissez-moi faire. Comme je ne vous ai jamais vu, vous devez chercher quelque chose. De plus, vous restez planté là devant ce magasin. Vous devez chercher une personne ?

— Oui, vous êtes forte. Comment avez-vous deviné ?

86

— Personne ne reste plus de dix secondes devant le magasin. Alors vous pensez au passé ?

— Oui, toujours bon.

— Vous devez chercher l'ancienne maison des Busso.

— Oui, c'est ça. Vous auriez pu faire une bonne policière.

— J'ai toujours voulu mais la vie vous guide autrement.

— Vous avez connu les Busso ?

— Oui, je suis là depuis…

— Ce n'est pas grave. Qu'est-ce que vous savez sur eux ?

— Triste histoire pour le petit ! Quel malheur !

— Oui, il avait disparu à l'époque.

— Sa mère l'a cherché pendant des années. Elle n'a pas cessé ses recherches.

— L'affaire a été classée sans suite. C'est la procédure au bout d'un certain temps.

— Elle est devenue quasiment folle.

— Il avait une copine à l'époque. Vous savez où je pourrais la trouver ?

— Heu, je crois qu'elle a déménagé dans une rue pas loin.

— Merci pour toutes ces informations. Je vous laisse, maintenant. Je dois aller lui parler.

— Attendez, il y a une dernière chose.

— Oui ?

— Il y a plus grave dans cette histoire. La petite avait une gamine. Quelle tristesse !

Je lui fais signe de loin en repensant à tous ces éléments. Je ne voyais pas le lien entre la disparition et la petite amie. Mon enquête pouvait continuer grâce à cette vieille dame. Le monde est parfois surprenant. On pense qu'il n'y a plus d'espoir et tout se débloque d'un coup.

Chapitre 15
Sophie

La femme du professeur m'avait invitée à cette soirée. Elle m'avait vue seule l'après-midi. J'ai dû lui inspirer de la pitié. J'étais seule devant chez moi à retaper la boîte aux lettres. Elle ne tenait pas en place. À ce moment-là, elle est venue me proposer de passer la soirée avec eux. J'ai bien sûr accepté. Je ne pouvais pas rater ça. Je vais revoir notre cher professeur. Je ne passe pas inaperçue avec mes vêtements. Je me sens bien à travers eux. Tout le monde cherche à me parler, à me draguer. Je ne suis plus cette petite fille, maintenant je décide. La maison est propre et bien décorée. On est loin de la mienne. Je les vois tous heureux dans leur petite vie. Je les envie. Ils ne savent pas le bonheur sur eux. Je n'écoute pas leurs paroles. Ils ne m'intéressent pas. Une seule personne aura toute mon attention. Jean, tu seras à moi. Je dois l'écarter et être seule avec lui. Pour l'instant, il y a trop de monde.

J'attends le bon moment pour agir. Je fais comme tout le monde et applaudis et chante : *joyeux anniversaire !* Je vois que tu es gêné. Ne t'inquiète pas, ce sera pire après. Tout le monde se disperse et se rue sur la marmite de cocktail. Je prends un puis deux verres pour me mettre dans l'ambiance. Ils ont tous l'air un peu coincés. Je vais changer l'ambiance de ces vieux.

La musique commence à monter. Les verres font effet. Je ferme les yeux et danse au milieu de la pièce. Je me revois toute petite en train de tourner de la même manière dans ma chambre. Je m'amusais à faire des cercles pendant de longues minutes. Je rêvais de m'envoler dans les nuages et d'être libre. Je ne pouvais pas entendre leurs moqueries et leurs rires. Je cherchais un endroit apaisant. Je tournais jusqu'à avoir la tête qui tourne. Je stoppe d'un coup. Ma vision met un certain temps pour revenir. Ils sont tous autour de moi en train de danser. Je reprends un verre mais on me prend la main et on m'attire dans la cuisine. Je ferme les yeux et j'espère te voir quand j'ouvrirai les yeux.

— Qu'est-ce que tu fous là ?

Nous sommes seuls dans la pièce. Mon plan fonctionne parfaitement.

— Je suis invitée.

— Tu n'as rien à faire là !

— Je suis polie, je réponds à l'invitation de ta femme.

— Arrête de faire comme si on se connaissait.

— Mais on s'est déjà vus.

— Je ne veux plus t'entendre. Tu vas partir maintenant ?

— Pourquoi je partirais ? Je commence seulement à m'amuser et les invités sont cool.

— Je ne veux pas de toi ici.

— Tu es obligé d'être aussi malpoli ? Détends-toi, c'est ton anniversaire.

— Je ne veux pas de scandale. Donc tu as fait ton petit numéro, tout le monde est content mais ça suffit.

— Je peux aller voir ta femme pour tout lui raconter.

— Il n'y a rien à dire car il ne s'est rien passé.

— Ah bon, et ce matin, c'était quoi ?

— Je ne vais pas me faire intimider par une gamine.

— Le doyen a aimé la photo ?

Ses nerfs lâchent à ce moment. L'homme calme depuis toujours faisait sortir la bête en lui. Il me plaque contre le mur et ses yeux deviennent rouges.

— Tu vas nous laisser tranquilles, ma famille et moi.

— Je ne fais rien de mal.

— Prends tes affaires et va-t'en !

— Je vais rester ici avec toi.

Je ne le repousse pas et lui souris.

— Arrête de mentir et embrasse-moi.

— T'es cinglée.

Sa femme entre dans la pièce à ce moment-là.

— Tu es devenu fou ?

Il m'a déposée soudainement. Et à ce moment, je pouvais changer de registre. Mon rôle serait la jeune fille persécutée par le grand professeur.

— Elle n'a rien à faire là. Elle me persécute. J'ai voulu lui dire gentiment mais elle ne comprend pas.

Mon maquillage coule et des larmes viennent sur mes joues. Je m'assois par terre et attrape mes jambes pour former une boule. Je reste silencieuse pour l'instant.

— Regarde ce que tu as fait ! Ça ne va pas la tête ? Je ne t'ai jamais vu dans une telle colère.

— Je veux juste qu'elle parte.

— Ça va aller, Sophie.

Elle m'a relevée et prise dans ses bras.

— Tu ne vas pas rentrer dans son jeu. C'est du cinéma. Elle se fout de nous.

— Arrête, Jean, tu en as assez fait. On aura une explication plus tard. Pour l'instant, il y a du monde.

— Lisa, tu dois me croire. Je ne comprends pas ce qui m'arrive depuis ce matin. Tout part de travers.

— Tu as raison. Ressaisis-toi ! Je vais la raccompagner et nous parlerons de tout ça. Tu as intérêt à avoir une sacrée explication.

Lisa a mis un manteau sur mes épaules pour me réconforter et je sors discrètement par la porte de derrière pour ne pas être vue par les invités. Je ne peux m'empêcher de le regarder et de lui lancer un clin d'œil avant de repartir avec sa femme.

Chapitre 16
Lisa

Je ne sais pas pourquoi Jean a agi de cette manière. Il n'a jamais été violent. C'est la première fois que je le vois dans cet état. Il a complément perdu la tête. Je le connais depuis longtemps et il n'a jamais porté la main sur moi ni même sur les enfants. Il a toujours été très calme. Il a toujours laissé faire les jumeaux sans jamais les reprendre. Il ne sait pas faire preuve d'autorité. Il ne répond pas et ne se bat pas. Pourquoi faire ça le jour de son anniversaire ? Je sais qu'il n'aime pas beaucoup cette date. Pourquoi voudrait-il lui faire du mal ? Elle tremble et semble avoir le regard dans le vide. Elle qui avait une telle assurance en début de soirée se décompose devant moi. J'avais envie de la prendre dans mes bras pour la réconforter. Le choc a dû être violent. Elle ne s'attend pas à ça. Elle est encore jeune. Elle veut juste plaire, s'amuser et ne pas se faire agresser. Je ne reconnais pas mon Jean.

Nous arrivons devant chez elle. Elle ne veut pas rentrer pour l'instant et s'assoit sur les marches devant chez elle. Je reste à côté d'elle pour voir si tout va bien. C'est mon côté mère poule, je n'aime pas voir les gens malheureux. Je me sens obligée d'aider tout le monde. Jean me l'a souvent reproché mais là, c'est différent. Elle continue à pleurer en regardant dans le vide.

— Ça va ? Je vais lui parler. Je ne sais pas pourquoi il a fait ça ! Il est fatigué en ce moment et n'aime pas les soirées en général. Cela ne se reproduira pas. Tu n'as pas à t'inquiéter.

— Il m'avait promis.

— De quoi ?

— Il avait promis de ne pas s'énerver.

— Pourquoi il ferait une chose pareille ?

— Je ne sais pas si je peux le dire.

— Tu peux tout me raconter.

— Je ne veux pas vous faire du mal.

— Pourquoi tu me ferais du mal ? Tu peux tout me raconter, je suis là pour t'aider.

— Promettez-moi de ne pas vous énerver.

— Je te le promets mais dis-moi, s'il te plaît. Je dois savoir.

— D'accord, je ne suis pas venue ici par hasard. Enfin, je veux dire que j'ai choisi de m'installer ici.

— Et pourquoi tu as choisi cette vieille maison ? Tu pouvais en avoir une autre en meilleur état.

— Oui, c'est vrai. Je n'aime pas cet endroit. Il est vieux et sale mais je devais prendre cette maison pour plusieurs raisons. Je devais me rapprocher de lui.

— De Jean ?

— Oui, j'ai cherché la maison la plus proche et j'ai eu de la chance. Je suis désolée.

— Je ne comprends pas pourquoi tu voulais te rapprocher de mon mari.

— En fait, ça ne s'est pas fait du jour au lendemain. J'ai fait plein de recherches et j'ai dû attendre suffisamment pour avoir l'argent nécessaire.

— Tu connaissais Jean avant de venir ici ?

— Oui, depuis un certain temps, je dois l'avouer.

— Depuis combien de temps ?

— Cela fait des années.

Je m'assois à côté d'elle et je ne comprends pas les révélations de cette fille. Mon monde s'effondre sur ma tête. Le temps semble s'être arrêté. Jean m'avait menti pendant toutes ces années. Cela ne lui ressemble pas. On croit connaître les gens même après tout ce temps mais ils se révèlent être des êtres bien différents. Je me refais le film des dernières années. J'ai toujours été présente pour lui. Je n'ai jamais douté. Tout s'écroule avec cette fille. Je la plains. Elle s'imaginait un monde merveilleux avec un homme marié mais rien ne s'est passé comme prévu. Je l'admire d'une certaine manière. Elle a un courage et une force de caractère pour faire ce genre de choses. Elle ne peut rien faire dans cette histoire.

— Je suis désolée pour toi.

— Vous pouvez vous énerver sur moi. Je ne suis qu'une conne.

— Je n'ai pas la force. Tu es jeune et faible. Tu as dû te faire avoir comme beaucoup d'autres.

— Je pensais qu'en me rapprochant, il comprendrait mieux notre situation mais il n'a rien voulu savoir.

— Je comprends, maintenant.

— Je ne voulais pas vous faire du mal.

— Ne t'inquiète pas, je ne t'en veux pas.

Nous sommes restées un instant toutes les deux à regarder notre maison. Je repensais à tous ces moments. Je passais mes journées avec un inconnu. Je suis prête à tout remettre en question. J'écoute le vent qui m'apaise. La maison est pleine à craquer d'invités. On entend le bruit de la musique et

des gens qui dansent. Ce soir sera différent.
Ce soir, je prends une grande décision.

Chapitre 17
Charles

Je décide de me rendre à pied à l'adresse indiquée. Il y a à peine un kilomètre. Un peu d'exercice ne me fera pas de mal. La vérité se tenait à une infime distance. Chaque pas me rapprochait d'elle. J'avais surtout un peu de temps pour réfléchir à toute cette histoire. J'espérais trouver des réponses auprès de cette femme. La pluie avait cessé un instant et reprenait plus fort encore. Toutes les maisons se ressemblent dans un beau quartier résidentiel. Comment peut-on avoir tous la même maison ? On pourrait se perdre, ici. Je ne retrouverais pas ma propre maison. Il suffit de sortir d'une soirée bien arrosée pour se retrouver chez le voisin. J'avais une impression étrange. Mes pas me dirigent dans une direction mais le décor ne semble pas bouger. Les maisons identiques défilent devant moi. Elles ont toutes le même petit balcon avec le petit terrain vert devant. Les barrières et portes de garage sont de la même couleur. Il ne me reste que quelques mètres. J'ai noté sur un petit papier le numéro pour ne pas oublier. J'ai une tendance à oublier certaines choses. Cela doit être dû à l'alcool pris chaque soir. Je dois vraiment arrêter toutes ces conneries. J'ai le souffle coupé après cette distance. Je ne suis plus capable de marcher avec tout le tabac dans mes poumons. Je suis enfin arrivé et la maison ressemble à toutes les autres. Je sonne plusieurs fois et espère trouver la femme.

La porte s'ouvre et une dame en peignoir m'ouvre. Elle semble très fatiguée et ne pas être sortie depuis plusieurs jours ou semaines.

— Ça ne nous intéresse pas. Nous n'avons besoin de rien.

— Je ne viens pas vous vendre quelque chose.

— Ils disent tout ça. Ils veulent juste vendre des trucs dont personne ne se sert.

— Je ne suis pas vendeur.

— Alors, vous voulez quoi ? J'étais en train de dormir et vous venez me déranger.

— Je viens voir madame Busso.

— C'est moi. Vous voulez quoi ?

— Je voulais juste parler. Ce sera plus simple à l'intérieur. Si vous voulez bien me faire entrer.

— Voilà, on en revient toujours au même. Ils veulent entrer et après vous vendre. Je ne suis pas ce genre de public. Je n'ai besoin de rien. Vous ne m'arnaquerez pas !

La porte commence à se refermer sur moi et j'ai juste le temps de prononcer ces quelques mots :

— On l'a retrouvé !

Il y a eu un moment de silence. Je suis devant la porte fermée mais je sens que les mots résonnent dans sa tête. Je sens sa présence derrière. Elle hésite puis ouvre à nouveau la porte.

Des larmes coulent. Elle me regarde comme si elle attendait une réponse.

— Il est vivant ?

— Si nous pouvions en discuter à l'intérieur ?

Je trouve pire que moi en ce qui concerne le rangement. Il y a un amas de vêtements qui traînent. La cuisine est dans un état pitoyable et une odeur désagréable se dégage de la pièce. Je ne pensais pas trouver pire que moi. J'ai des haut-le-cœur.

Les sacs-poubelle sont entassés un peu partout. Elle me conduit sur la terrasse extérieure. Il y a des journaux qui traînent sur la table. Ils datent tous de l'année 2000. On peut lire en première page : *« La mystérieuse disparition du jeune homme »*. Je le vois pour la première fois autrement. Il était plutôt beau gosse. Comment ce gars qui avait la vie devant lui avait pu se retrouver dans une sombre affaire ?

Elle m'explique toute son enfance. Il avait toujours été très sage et agréable. Il était bon élève et ses professeurs ne tarissaient pas d'éloges sur lui. Les photos défient devant moi, celles de groupe puis les individuelles. Il a l'air tellement heureux. Elle doit s'y reprendre à plusieurs reprises pour me parler. La douleur est encore présente même après tout ce temps. Je ne sais pas comment lui annoncer. Je ne veux pas lui faire de la peine mais elle doit savoir. Je n'ai pas le droit de lui cacher ça. Elle me propose un petit verre que j'ingurgite dans la seconde qui suit. Je ne suis pas à l'aise. Je n'ai pas pour habitude d'annoncer plusieurs nouvelles à la fois : on a retrouvé votre ancien petit ami et il est mort. On appelle ça un ascenseur émotionnel. J'imagine le choc pour elle. Elle continue de me raconter sa vie dans les moindres détails. Je pensais que le temps pouvait tout effacer mais il n'avait pas fait son œuvre. Elle a le visage tiré et s'allume clope sur clope. J'aperçois les boîtes de médicaments pour les nerfs sur la table. Pauvre femme !

103

— Il me manque tellement.

— Je comprends.

— On avait prévu tellement de choses. Il était toujours optimiste. Il me faisait rire. On était inséparables. On passait tout notre temps ensemble. On vivait le parfait amour. Je regrette cette époque où ma vie s'est arrêtée. Je me souviens de nos discussions pendant des nuits entières. Quand il me regardait et m'embrassait dans le silence, nos grandes balades. Il était beau. On allait voir plein de films au cinéma. Je n'y ai pas remis les pieds depuis sa disparation.

— Vous êtes restés longtemps ensemble ?

— On s'est connus en 1996. Ça fait donc quatre années de bonheur.

— Vous viviez ensemble à cette époque ?

— Non, on était trop jeunes mais on avait plein de projets. Marc était toujours optimiste.

— Il a fait des études ?

— Oui, il était en avance sur moi. Je le regardais dévorer ses livres. Il parlait tout le temps de ce qu'il avait lu. Il était émerveillé par ces histoires imaginaires. Il ne savait pas s'arrêter. C'était une passion et c'était une des raisons pour lesquelles je l'aimais.

Je ne dois pas craquer. Je vois défiler la vie de cette pauvre femme. Toute une vie brisée.

— Quand il a disparu, tous mes rêves se sont envolés avec lui. C'est comme si tout s'était effacé. Plus rien n'avait de sens. Je ne sais même pas comment je me tiens devant vous. J'ai bien tenté de partir moi aussi mais je n'ai pas eu la force.

— Il y avait des pistes à l'époque ?

— Oui, au début, ils ont pensé qu'il était parti sur un coup de tête. Marc n'était pas du genre impulsif. Cela ne lui ressemblait pas. Il serait parti du jour au lendemain sans prévenir personne. Je ne crois pas à cette version.

— L'affaire a été conclue sans suite ?

— Oui, ils ne l'ont jamais retrouvé. J'ai toujours continué à la chercher. J'y ai passé tout mon temps. Je ne me suis pas mariée et j'ai dépensé toutes mes économies pour le retrouver.

— Quelle est votre version ?

— On a dû le kidnapper pour une raison et je pense qu'on l'a tué et qu'on a caché son corps. On ne l'a jamais retrouvé. Ils ont fait des fouilles dans toutes les maisons des environs. Il y a aussi eu des battues dans les champs du village. Tout le monde s'était mobilisé les premiers jours. Après une semaine, l'élan s'est dissipé et l'affaire a été classée. Il n'y avait pas de corps, donc pas de suspect. J'ai continué de placarder son visage dans tous les magasins. J'accostais tout le monde pour savoir s'ils ne l'avaient pas vu. Les gens m'ont pris pour une folle. Ils ont commencé à me repousser et je me suis repliée sur moi-même.

Elle continue à parler mais mon esprit se perd un peu. Je me plonge dans mes pensées. Je n'arrivais pas remettre tous les éléments du puzzle. Il y avait un tas de photos sur le meuble. Il était recouvert de photos de Marc.

— Je parle beaucoup mais j'en ai besoin. Ça me fait du bien. Je n'ai pas beaucoup de visites. Pourquoi vous êtes là ?

— Je suis venu vous poser quelques questions au sujet de Marc.

— Vous n'avez pas répondu tout à l'heure !

— Répondu à quoi ?

— Je vous ai demandé si vous l'aviez retrouvé. Vous devez me le dire.

— Je ne veux pas vous brusquer.

— Arrêtez de me ménager et dites-moi. Je dois savoir. Est-il vivant ?

Elle est devant moi, scrutant mes lèvres. Cet instant semble se passer au ralenti. Mes mots vont avoir un impact indélébile sur sa vie. Je suis le porteur du message et il ne va pas être agréable. Je prends ma respiration. Ai-je le droit de détruire tous ses espoirs ? Celui qui continue à l'animer. Elle tient ses deux mains. J'ai l'impression d'être le messager. Je dois être professionnel et me ressaisir. Je n'ai jamais fait dans le sentimental.

Cette histoire me prenait aux tripes. Je revois le visage de cette femme et de ce jeune homme brisé. Je me lance.

— On l'a bien retrouvé.

— Est-ce qu'il va bien ? Il est comment ? Il n'a pas mal ? À quel endroit ?

Elle me bombarda de questions sans que je puisse lui répondre.

Je lui expliquai les circonstances de la découverte. Elle resta muette à écouter chaque mot. Elle resta silencieuse. Je lui apporterais les moindres détails. Je lui devais bien ça. Je lui ai décrit la pluie, la boue avec la découverte du corps, mes éléments et mon enquête pour arriver jusqu'à elle. Je lui ai épargné les détails du docteur Watt. Je ne voulais pas en rajouter. Pensive, elle a pris une photo de lui et l'a posée contre elle.

— Je suis désolé de vous apporter ce genre de nouvelle.

— Je ne vous en veux pas. Vous faites votre travail.

— Si je peux faire quelque chose, dites-moi.

Je me sentais gêné de lui avoir apporté cette terrible nouvelle. Je ne suis pas un spécialiste en la matière.

— Vous venez de m'éclaircir.

— Je vous demande pardon ?

— Toutes ces années à le chercher. Tout le monde m'a pris pour une folle. Je viens de comprendre. J'avais raison depuis le début. Il n'a pas voulu partir seul. Quelqu'un l'a tué ! Vous m'entendez ! On l'a tué !

Elle se lève d'un coup et commence à répéter les mêmes phrases. J'essaie de la calmer mais elle continue de répéter encore et encore : « On l'a tué ! » Elle s'avance vers moi et me tient par la chemise.

— Vous devez le retrouver. Vous me comprenez ? Retrouvez-le !

Je suis tellement surpris de sa réaction et je fais un signe de tête. Je ne dois pas promettre des choses pareilles mais vu son état, cela la calmera.

Elle se rassoit en tenant toujours la photo de Marc contre elle. Elle se balance d'avant en arrière. Je pose ma main sur son épaule pour la rassurer. Elle murmure les mêmes mots.

Je m'avance doucement pour les entendre :

— Je dois lui dire.

— À qui vous devez le dire ?

Elle ne me répond pas. Le choc a dû être terrible. Les mots peuvent faire l'effet d'une bombe. Je ne peux pas la laisser seule dans cet état. Je tape le numéro des pompiers sur mon téléphone.

— Ils ne devraient pas tarder.

Elle resta le regard dans le vide à se balancer. Elle serrait tellement fort le cadre photo qu'il finit par se briser dans sa main. Le sang a commencé à couler le long de ses bras. J'ai bien fait d'appeler les secours. En enlevant les bouts de verre, je repensais à la conversation avec la vieille dame. Je pensais tellement à la façon de lui annoncer les choses que j'avais oublié une personne.

C'est à ce moment que j'aperçus les photos à côté de celles de Marc. On y voyait une jolie jeune femme. Elle souriait, en maillot de bain devant un ciel bleu éclatant. Je sors la photo du cadre et la retourne. On peut voir un nom au dos : Sophie.

Je pourrais retrouver sa trace dans les dossiers. Je dérange encore le sergent pour lui demander des informations sur une certaine Sophie Busso. Elle ne devait pas porter le nom de Marc car il n'était pas marié mais elle avait pu le rajouter en hommage.

Chapitre 18
Jean

Je dois me calmer. C'est une véritable sangsue. Elle me met hors de moi. Il fallait juste que je lui parle cinq minutes. Je ne comprends pas ce qui m'arrive. Je ne peux plus aller travailler et je risque mon couple à cause de cette gamine. Lisa était rentrée sans me dire un mot et avait fait partir tout le monde. Je n'ai pas compris sa décision mais personne n'a osé la contredire, même pas moi. J'ai essayé de lui parler mais elle peut être tellement têtue ! J'ai tenté de lui expliquer que je ne la connaissais pas mais elle n'a rien voulu savoir. Elle a pris les deux valises remplies de vêtements et de certains produits. Elle a vidé ses armoires. J'ai tenté de la retenir. Je ne comprenais pas pourquoi elle croyait cette gamine. Comment elle pouvait tout remettre en question sur un coup de tête ? Lisa a toujours eu un fort caractère. Elle n'est jamais passée par quatre chemins pour faire et dire ce

111

qu'elle pense. Nous avons des caractères opposés. Je réfléchis avant d'agir. Ce sont des mensonges ! La scène a duré à peine dix minutes. Les gens sont sortis sans broncher et Lisa a bouclé ses valises. Les jumeaux sont restés sans rien à dire à côté d'elle avant de monter dans la voiture. Ils ont l'air tellement tristes. Ils ne devraient pas avoir à subir ça. Ils sont encore jeunes. Ils doivent être préservés. On avait tout pour être heureux et tu viens de tout gâcher. Elle m'adresse une dernière fois la parole avant de partir :

— Je vais chez mes parents pour te laisser le temps de faire tes affaires mais je ne veux plus te voir demain matin quand je rentrerai.

Elle s'est retournée sans attendre la réponse. Le taxi était devant la maison. J'ai vu le regard des deux garçons à travers la vitre. Ils semblaient attendre un geste, un signe. Je leur ai fait un au revoir de la main et ils m'ont répondu à leur tour. Je les aime, ces gosses. Ils bougent dans tous les sens, ils font n'importe quoi et me cassent les pieds mais ils vont me manquer. La voiture est partie d'une traite et a disparu dans la nuit.

Mon esprit est anéanti. Je me repasse les scènes. J'ai dû rater un détail. Je dois remonter à la source du problème. Quel a été l'élément déclencheur de tout ce merdier ?

Debout sur le trottoir avec la pluie dégoulinant sur le visage, j'aperçus la réponse en face de moi. La voisine est assise devant moi sur les marches. Elle me fixe. Je dois agir et rétablir la vérité. Je suis innocent. Elle doit lui avouer.

— Tu es contente maintenant !

— À toi de me le dire.

— Mais qu'est-ce que tu veux à la fin ?

— Rien. Je veux juste te faire vivre une expérience.

— Je n'en veux pas. Je veux juste ma petite vie tranquille. À cause de toi, je ne peux plus aller bosser et ma famille est partie. Maintenant, arrête ton petit jeu. La comédie a assez duré.

— Je n'ai pas encore fini. On vient juste de commencer.

— Je te préviens, si tu ne…

— Tu me menaces ?

— Oui, si tu ne dis pas la vérité, tu en subiras les conséquences.

— Je suis censée avoir peur ? Tu es un peu rapide. Tu passes de l'amour à la haine en peu de temps.

— La ferme ! J'en ai marre de tes conneries. Tu vas me laisser tranquille : moi et ma famille.

— Je te l'ai déjà dit. J'arrête quand tout sera fini.

— Et alors, qu'est-ce que tu veux de plus ?

— Tu le sauras bientôt. Il est encore trop tôt. Mais maintenant tu es tout à moi.

— Je ne veux pas être avec toi. Je ne t'aime pas. Tu comprends ça ? Trouve-toi un mec ! Tu es jeune et avec ton physique, tu peux te taper tous les mecs que tu souhaites.

— Je ne veux pas les autres. Je ne veux que toi.

— Tu es folle. C'est ça. Tu t'es évadée d'un asile ?

— Non, je suis juste folle de toi.

— Je te préviens une dernière fois. Dis la vérité ou sinon…

— Sinon quoi ?

Les voisins sortent petit à petit à force d'entendre mes cris. Je m'arrête de parler, voyant les regards médusés sur moi. Je rentre et je dois aller voir la police pour tout leur raconter.

Chapitre 19
Jean

Lisa avait pris notre voiture. J'avais toujours ma moto. Je cours vers le garage et l'enfourche. Je suis prêt. J'adore le son de ce moteur. Je pourrai être au commissariat en moins de dix minutes. Je dois leur expliquer, sinon je peux faire une connerie. Ils vont m'aider et enfermer cette cinglée. La route est dégagée à cette heure. Les virages secs s'enchaînent dans les petites rues. Le compteur s'affole. Je vois le paysage défiler devant moi. Je repense à plein de moments. Je sens le vent se glisser sur mon casque. Lisa comprendra. Je pousse encore l'accélérateur. Elle doit bien se marrer, cette petite conne. Le commissariat est quasi vide. Je cours comme un fou.

Il y a à l'entrée deux gars bourrés attachés au radiateur. Ils répètent toujours la même chose. J'ai du mal à rendre mon souffle.

— Bonsoir, je viens déposer plainte.

La femme derrière le guichet tapote sur son ordinateur. Je me demande bien pour quelle raison. Il n'y a personne dans la pièce et je suis le seul au guichet.

— Attendez un instant.

— Mais je suis tout seul.

— Je vous répète d'attendre plus loin.

— Vous ne voulez pas m'écouter.

— Écoutez, si vous faites un scandale, ça va mal se passer pour vous.

— C'est fou. Je ne demande rien d'extraordinaire. Je veux juste déposer plainte au sujet d'une fille.

— Ah.

— Non, ce n'est pas ce que vous croyez.

— Il faudra attendre demain matin. Mon collègue spécialiste dans ce genre de cas n'est pas présent. Revenez demain, ça sera plus simple.

— Mais vous ne comprenez pas. Il ne s'agit pas de ça.

— Alors c'est quoi votre problème ? Vous débarquez en pleine nuit dans cet état. Vous prenez des trucs ?

— Mais je ne prends rien.

— Vous tremblez ? C'est quoi : shit, coke ou ecstasy ? C'est dingue comme la drogue est devenue tellement banale. Tout le monde s'y met, même des gens comme vous.

— Je ne me drogue pas.

— Avant on avait des gens paumés, maintenant ça peut tomber sur n'importe qui.

— Est-ce que vous m'écoutez ?

— Oui, je ne fais que ça. Je ne comprends pas ce que vous voulez.

— Je veux juste déposer plainte.

— Pour quelle raison ?

— Je suis obligé de vous le dire ?

— Vous n'êtes pas obligé mais vous pouvez aussi attendre longtemps sur votre banc.

— Oui, c'est à propos d'une fille mais ce n'est pas ce que vous pensez. Elle me harcèle.

— C'est plutôt rare. Vous devez être content, d'habitude c'est plutôt l'inverse.

— S'il vous plaît, laissez-moi terminer. Elle a emménagé dans la maison d'en face et elle m'a suivi à mon boulot. Elle n'est même pas étudiante.

— Et alors ?

— Elle ne peut pas assister au cours. Elle raconte des conneries à ma femme.

— C'était votre maîtresse ?

— Mais non, vous n'écoutez que ce que vous voulez.

— J'essaie de vous aider mais vos propos sont incohérents.

— Je veux juste qu'elle arrête tout. Je ne lui veux pas de mal. Je veux juste qu'elle prenne peur.

— Elle est jeune ?

— Oui et pourquoi ?

— Peut-être qu'elle vous aime bien, au fond. Elle veut juste attirer votre attention.

— Pour ça, elle a réussi.

— Elle est peut-être maladroite. Elle ne sait pas comment faire à cet âge-là.

— Je m'en fous. Je veux juste récupérer ma vie normale. Je ne demande rien de plus. Est-ce que vous pouvez m'aider ?

Elle hésite un moment et commence à croire à cette histoire. Elle est tellement improbable. Je n'ai pas le profil des personnes qui côtoient ce genre d'endroit.

— Restez ici. Je vais voir ce que je peux faire.

— Merci, vous me sauvez.

Elle est partie derrière l'immense comptoir par une petite porte.

Assis sur le banc, je repensais à cette journée. Comment les choses pouvaient s'envoler de cette manière ? Je n'ai rien demandé. Je ne suis personne. La policière avait raison sur un certain point. Pourquoi faisait-elle tout ça ? Elle voulait attirer mon attention. On ne peut dépenser autant d'énergie pour faire le mal. Et si elle avait

119

raison. ? Elle est peut-être paumée. Je n'ai pas pris le temps de lui parler, de lui expliquer les choses simplement.

Je regarde la photo de famille qui est dans mon portefeuille. Je les aime tellement et ils me manquent déjà : Lisa et les jumeaux.

Au bout de quelques minutes, la policière revient accompagnée d'un de ses collègues. Il est très grand, on dirait un géant.

Son regard bienveillant a changé. Ils me fixent. Je ne comprends pas ce changement de comportement. Je pensais qu'elle avait compris mon histoire.

— Vous vous foutez de moi ?
— Pardon ?
— J'avais presque cru à votre histoire.
— Mais je vous ai dit la vérité.
— J'ai perdu mon temps à écouter vos mensonges.
— Excusez-moi mais je ne comprends pas ce qui se passe.
— Je vais vous le dire. Vous êtes un menteur et il faut vous faire soigner : c'est grave.
— Je suis perdu. Pouvez-vous m'expliquer ?
— La fille !
— Oui et alors ?

— Vous nous avez parlé d'une fille ? Il ne s'agirait pas d'une certaine Sophie ?

— Oui, c'est ça. Elle s'appelle Sophie. Elle habite juste en face de chez moi. Vous me croyez maintenant ? Attendez, comment connaissez-vous son nom ? Je ne l'ai pas mentionné.

— Je l'ai dans ce dossier.

— Quel dossier ? C'est la première fois que je mets les pieds ici.

— Vous êtes bien un certain Jean ?

— Oui, c'est moi.

— Et vous habitez bien la maison qui fait l'angle des rues Recq et Jeum ?

— Oui, mais où voulez-vous en venir ?

— Il y a déjà une plainte de déposée.

— Mais puisque je vous répète que je ne suis pas venu.

— Il ne s'agit pas de vous.

— Alors qui a déposé plainte ?

— La jeune fille a déposé plainte contre vous. Elle dit que c'est vous qui la harcelez. Vous l'avez embrassée sans son consentement. Vous l'avez agressée lors d'une soirée et menacée à la vue de vos voisins.

— C'est dingue.

— Maintenant, vous rentrez chez vous. Vous vous calmez. Vous prenez un cachet et demain, tout ira mieux.

— J'hallucine. Je dois rêver. Je suis en plein cauchemar.

— Je vous l'ai déjà dit. Arrêtez de prendre des trucs.

— Mais je ne prends rien.

— Allez, ça suffit. Sortez !

— Ça ne se passera pas comme ça.

— Oui, c'est ça. Ils disent tout ça.

Le monde devient complètement dingue. Ou peut-être que je perdais la tête ? Je n'avais plus de solution. Elle avait pris les devants et avait appelé la police avant moi. Elle est très futée, la petite. Au volant de ma moto, je n'ai qu'une seule idée en tête. Elle va me le payer. Je suis resté calme depuis le début mais elle a dépassé les bornes. Je n'ai plus rien à perdre. Elle m'a tout pris. La moto alterne les virages comme à l'aller. Je pousse un peu plus l'accélérateur. Elle en a encore sous le pied. Le compteur s'affole. J'ai toujours aimé rouler vite. Je connais par cœur le trajet et ces petites routes. Je fixe la bande blanche devant moi. Le temps s'est arrêté. Je suis seul et libre. Seuls les phares de la moto éclairent la route. Le vent siffle sur mon casque. Les vibrations du moteur résonnent dans ma tête. Je n'ai plus le temps de réfléchir. Cette nuit, je vais devoir agir. Je ne suis plus très loin, encore deux kilomètres. J'aime cette moto. Elle offre une liberté de mouvement et de soulagement. Je sens que je contrôle les choses, pour une fois. J'attaque le dernier virage et c'est à ce moment-là que je tape un objet en plein milieu de la route. Mon corps se lève au-dessus de la moto. Tout est au ralenti. Je vois le bitume se rapprocher de mon corps. Les roues tournent dans tous les sens. Le ciel est noir et dégagé. Je vole au-dessus de la moto. L'atterrissage va être douloureux. La moto finit par s'encastrer dans un arbre. Mon casque heurte le sol dans un énorme bruit. Mon bras et ma jambe se brisent. Sur le sol, je vois s'échapper de la fumée. Le sang commence à couler autour de moi. Mes yeux se ferment. J'ai le temps de voir une ombre qui s'avance vers moi. Une main vient me relever. J'ai envie de fermer les yeux mais je reste éveillé encore un instant. Je la vois devant moi en train de me traîner. J'ai encore vu son visage : celui de Sophie.

Chapitre 20
Charles

Je me suis préparé des bouteilles pour la route, des sandwichs. Elle n'habite pas la porte à côté. Je vais devoir rester éveillé. Je pourrais l'appeler mais ce ne sont pas des choses qui s'annoncent au téléphone. Je ne sais pas si mon enquête avance. Nous avons un homme retrouvé mort depuis plus de vingt ans. Il n'a pas de famille à part son ancienne compagne à moitié vivante et une fille. Je dépasse largement la vitesse autorisée. J'ai quelques privilèges. Le soleil tape sur les vitres. La route est complément dégagée et je dépasse facilement les autres. Les roues avalent les kilomètres. J'ai fait mon stock et me prends une ou deux gorgées. Je peux observer les autres voitures. Il suffit de les regarder pour connaître leurs vies. Nous avons la petite famille avec le coffre plein à craquer qui frôle le sol. Il y a toujours un des gamins à l'arrière pour te faire signe ou un bras d'honneur. Ils ont de la chance que je sois pressé. Après, je croise le couple de jeunes en train de se disputer pour la destination des vacances. Ils me font tous rire. J'aime ma petite vie tranquille. J'ai toujours été un solitaire. J'ai bien eu des aventures mais cela n'a pas duré. La vie de famille n'est pas faite pour moi. Je ne vois pas comme je pourrais concilier ça avec mon job. Je ne dors quasiment pas. Je passe mon temps à interroger des gens. Je vis la vie des autres. J'ai fini par oublier la mienne. Je pense pour les autres mais c'est trop tard pour moi. On ne peut pas changer. Le temps n'efface pas tout.

Le médecin m'avait laissé un message le matin. La victime avait été étranglée puis placée dans cette espèce de cercueil. La fumée de cigarette m'aide à penser. La petite aura peut-être des informations. Je sors de l'autoroute et me dirige facilement vers la destination.

Elle s'était enregistrée récemment dans ce petit village. Les maisons sont toutes plus belles les unes que les autres. Je me demandais comment elle pouvait se payer un truc pareil. Je tourne plusieurs fois avant de trouver la bonne. J'ai compris dès que je l'ai vue. C'est la seule maison qui semble s'écrouler. On dirait que les murs vont lâcher à tout moment. La petite avait dû se faire arnaquer. Il n'y a que des jeunes pour louer ce genre de lieu. Ils sont si contents de quitter leurs parents, de prendre leur envol, qu'ils ne réfléchissent pas beaucoup. Ils prennent la première. Beaucoup de propriétaires connaissent cette astuce. Ils ne font visiter qu'à des étudiants. Ils savent qu'ils sont dans le besoin et n'ont pas vraiment le choix. Pauvre fille ! Elle a dû déchanter quand elle a vu le bazar.

La sonnette ne marche même pas. Je tape plusieurs fois à la porte mais personne ne vient m'ouvrir. Je pose la main sur la porte, la pousse doucement. Elle a dû oublier de la verrouiller.

— Il y a quelqu'un ? C'est la police ! Vous m'entendez ?

La maison semble vide, avec quelques meubles. On dirait une maison inhabitée. Elle n'a que le strict nécessaire. Des cartons traînent un peu partout. Il y a différents tickets de caisse sur la table. Ils proviennent tous d'un magasin de bricolage : corde, pelle. Elle souhaite peut-être retaper la vieille bâtisse ? Dans la cuisine, il n'y a pas de vaisselle. Quelques boîtes de conserve se battent en duel dans le frigo. Les robes de soirée se trouvent sur le lit. Un petit miroir se trouve sur la commande. Il n'a qu'une

126

seule photo. On la voit gamine avec son père et sa mère. Je reconnais la petite amie à qui j'ai rendu visite mais avec quelques années en moins. Elle avait pris un sacré coup de vieux. Les médocs et l'alcool avaient dû faire leur petit effet.

Il n'y a rien d'intéressant. J'aperçois derrière la cuisine une porte. J'allume l'interrupteur et descends les marches qui donnent sur la cave. La pièce est assez sombre. Je clique sur la lampe accrochée au plafond.

Un grand poster recouvre une partie du mur. Il y a plein d'indications. On voit la photo d'un homme au centre. Il est relié à d'autres cases. On dirait comme un plan de bataille. Toutes les actions sont numérotées méthodiquement. Elle avait dû faire pas mal de recherches. Pourquoi elle s'intéresse à cet homme ? Je ne vois pas le rapport. C'est un petit ami qui lui a fait du mal ? Elle souhaite peut-être se venger. Plus rien ne m'étonne de nos jours. Je ne serais pas étonné de voir une jeune femme devenir obsessionnelle. J'essaie de remettre les éléments dans le bon ordre. Je décroche la photo du type au centre.

Je décroche mon téléphone et appelle le sergent.

— C'est encore moi.

127

— Oui, je venais juste de m'endormir. Je n'ai pas dormi avec toute cette affaire.

— Peux-tu faire une recherche pour moi ?

— C'est quoi ?

— Ne pose pas de question et regarde les déclarations de personnes disparues durant les dernières vingt-quatre heures.

— Vous cherchez quelqu'un ?

— Je ne sais pas. Je suis juste mon intuition.

— Cela va me prendre un peu de temps.

— Tu peux me rappeler quand tu as l'info ?

— C'est quand même étrange !

— De quoi ?

— Bah, on retrouve une personne disparue depuis vingt ans et on recherche quelqu'un d'autre au même moment.

Sans le savoir, le sergent est brillant.

— Oui, il y a peut-être un lien mais je ne suis pas sûr. Attends, je vais te scanner la photo d'un gars.

— C'est l'homme qui a disparu ?

— Je ne sais pas. Je vais aller voir le voisinage. J'attends ton appel.

Devant la maison, je n'ai plus de cigarettes. Je fixe la maison en face et quelque chose cloche. La porte de garage est ouverte. Ils n'ont pas peur de se faire voler

128

ou le quartier est tellement sûr. La porte d'entrée est aussi entrouverte. Je vais leur poser quelques questions. Ils ont peut-être vu cette fille et ce mec.

La maison est neuve. Le terrain est parfaitement entretenu. Les vitres ont dû être changées récemment. La sonnette fonctionne avec un doux son. Les gens ont le don pour les choisir. J'entends les pas d'une personne. La porte d'entrée s'ouvre complètement. Un gamin me fixe.

— Bonjour, petit, est-ce que tes parents sont là ?

Il ne répond pas et s'enfuit. Je sonne à nouveau et je le vois revenir.

— Hé, peux-tu appeler tes parents ?

Il recommence et disparaît à nouveau. Je me retourne et je le vois juste à côté de moi.

— Comment tu as fait ça ?

Il me montre la porte et il y a le même enfant.

— C'est quoi ce bordel ?

— Mais qu'est-ce que vous faites chez moi ?

Une femme se tient devant moi, entourant les deux gamins avec ses bras.

— C'est des jumeaux.

— Oui et alors ?

— Bah, j'ai cru pendant un moment que je perdais la tête. Vous savez, je n'ai pas beaucoup dormi et plus ce que je b…

— Vous pouvez m'expliquer ce que vous faites là ?

— Je voulais parler à votre voisine mais elle n'est pas là. Vous ne savez pas ou elle peut se trouver ?

— Pourquoi je le saurais ?

— Bah je ne sais pas. Des fois, les voisins s'épient entre eux. Ils connaissent tout les uns des autres.

— Je n'ai pas le temps pour ça et j'ai plus urgent à faire.

— Vous l'avez vue quand la dernière fois ?

— C'est quoi toutes ces questions ? Vous êtes de la police ?

— Oui.

Je lui montre ma plaque et son attitude se calme.

— Excusez-moi, je suis un peu sur les nerfs.

— Pour quelle raison ?

— Je n'ai pas de nouvelles de mon mari.

— Depuis quand ?

— Depuis hier soir, on s'est disputés et je suis partie sur un coup de tête. Je suis impulsive, vous savez. J'agis et après je réfléchis.

— Vous avez essayé de l'appeler ?

— Oui mais il ne répond pas.

— Pourquoi vous êtes-vous disputés ?

— Ça ne vous regarde pas. C'est personnel.

— Je ne peux pas vous aider si vous ne me dites rien.

— Pour une connerie, à cause de la voisine.

— Celle d'en face ?

— Oui, je ne sais pas ce qui m'a pris mais je l'ai crue. Elle m'a raconté qu'ils avaient une relation depuis un certain temps et je l'ai crue sur le moment.

— Qu'est-ce qui vous a fait changer d'avis ?

— Jean n'est pas comme ça. Il a toujours été honnête. Vous pensez que l'on peut mentir autant de temps ? À sa famille et à soi-même ?

— Je ne sais pas. Il y a des histoires qui refont surface après un certain temps.

— Je ne peux pas croire qu'il soit ce genre d'homme. Je le connais bien. On a passé tellement de temps ensemble.

— À la base, je devais retrouver cette fille mais je veux bien vous aider. Il peut être parti ailleurs, chez un proche ou un ami.

— Je ne crois pas. Il n'a pris aucune de ses affaires. Il ne part jamais sans ses livres.

— Et la fille ?

— La voisine ?

— C'est quand la dernière fois que vous l'avez vue ?

— Cette nuit, elle était invitée à notre fête. À l'anniversaire de mon mari. Quel gâchis ! Je m'en souviendrai.

— Je ne veux pas vous attrister mais il y a une possibilité pour qu'ils soient partis ensemble.

— Il avait l'air en colère après elle.

— C'est quand même étrange. Votre mari et la voisine disparaissent au même moment.

— Je ne sais pas ce qu'elle a fait et je m'en moque. Je veux juste retrouver mon mari.

— Ils sont peut-être tous les deux en train de prendre des vacances.

— Je vous l'ai dit. Il se moquait bien d'elle et voulait me parler mais je n'ai pas écouté. Cela ne colle pas.

— Il est peut-être bon comédien et avait tout organisé.

— Lui, comédien ? Il est timide et n'arrive pas à dire ce qu'il pense. Je ne le vois pas préparer ça.

— Elle l'a peut-être assisté.

— On l'aurait aidé à faire tout ce cinéma ?

132

— La fille a tout planifié. Imaginons. Elle le voulait rien que pour elle et a donc imaginé un stratagème pour le piéger et apparemment cela a fonctionné.

— Qu'est-ce qui vous fait penser ça ?

— Dites-moi. Qui est l'homme sur cette photo ?

J'ai compris à l'instant où je la lui montrais qu'il s'agissait bien de son mari.

— Je peux entrer pour discuter un moment ?

Chapitre 21
Sophie

La fumée sort de la moto et s'évapore dans la nuit. Il est arrivé tellement vite. La route est très peu éclairée dans cette partie du village. J'ai vu son corps se briser. Il fait sombre. Le phare de ma voiture ne fonctionne pas très bien. Ma vieille Twingo va bientôt me lâcher. Je regarde autour de moi. Il n'y a personne pour nous aider. Mon téléphone ne capte pas de réseau. Il est entouré de sang. Je ne dois pas m'évanouir. Je ne suis pas habituée. J'ai toujours tourné le regard dans ce genre de cas. Je dois être forte. Je ne suis plus une enfant mais une adulte avec une force incroyable. J'arrive à sa hauteur et ses yeux semblent être dans le vide. Je ne peux pas le laisser dans cet état.

— Reste avec moi ! Ne ferme pas les yeux !

— Sophie ?

— Oui, c'est moi. Tu ne dois pas t'endormir. Je vais t'aider.

Il s'était encastré dans la rambarde de sécurité. Il avait eu de la chance car derrière, un gouffre immense lui tendait les bras. Sans celle-ci, il aurait dévalé toute la pente et serait probablement mort. Les virages ne sont pas tous protégés pour ce genre de cas. Dans son drame, il était tombé sur un de ceux-là.

Je tente de le sortir mais il pèse un sacré poids. Je n'ai pas le gabarit avec mes soixante kilos. Je prends son bras et tire de toutes mes forces.

— Allez, un petit effort ! Aidez-moi !

Il reste sonné par le choc et a du mal à parler. La moto a pris feu et une traînée d'essence se rapproche de nous. Je dois faire vite ou il sera brûlé vif.

Je tire encore de toutes mes forces mais rien ne se passe. Je ne peux pas le laisser là. On aurait dit une bête renversée comme celles que l'on rencontre sur le bas-côté. Je ressens de la pitié en le voyant.

Je repense à cette fille de sept ans apeurée qui ne pouvait rien faire. Je suis adulte et j'ai le choix. Je peux influencer les évènements et décider de mon destin. Je ne laisserai pas faire ça. Je suis plus forte et je peux le faire.

Il tend ses bras comme un appel à l'aide. Le feu se rapproche de nous et n'est plus qu'à quelques mètres. Je prends ses deux bras et le tire vers moi avec un cri qui résonne dans toute la vallée. Son corps finit par se détacher et je le déplace sur une courte distance. J'avance la voiture et le place côté passager. Il a un peu repris connaissance et m'aide pour la manœuvre.

— Tout va bien se passer !

Il a les vêtements déchirés et une plaie au niveau du bras. Sa jambe droite est orientée dans l'autre sens. Du sang coule de sa tête. La souffrance le tient éveillé.

Je démarre la voiture et m'engouffre sur les petites routes peu éclairées.

— Merci, je te dois beaucoup.

— Ne t'inquiète pas ! J'ai mes diplômes de secourisme.

— Je suis un con à rouler comme un fou.

— On réfléchit toujours après. On regrette une fois que cela nous arrive.

— C'est quand même étrange. Je roulais comme un dératé pour te voir.

— Je te manquais ?

— Arrête, n'exagère pas !

— Tu voulais t'excuser pour tout ce que tu as fait ?

— Je ne sais pas. Tout est passé si vite. Je ne comprends pas pourquoi tu as fait tout ça.

— Je te l'ai déjà dit.

— Je ne suis pas sûr de tout comprendre. Pourquoi moi ?

— Tu le sauras bien assez tôt.

— Cesse avec tes phrases étranges, tu as toujours été comme ça.

— Non, j'étais différente, enfant.

— Et pourquoi tu ne pourrais pas l'être maintenant ?

— Il me reste des choses à faire et après je serai libre.

— À ton âge, c'est sûr ! Tu as toute la vie devant toi. Alors pourquoi tu te soucies de moi ?

— Je viens de te sauver et tu te méfies encore de moi ?

— Oui, je poserai mes questions plus tard. C'est une chance que tu sois là.

Il me regarde bizarrement. Il commence à comprendre. La douleur a dû s'apaiser et son esprit reprend le dessus.

— Attends une seconde, qu'est-ce que tu foutais là, sur cette route en pleine nuit ?

— Je rentrais chez moi.

— Tu venais d'où ?

— J'étais partie voir des amis.

— Quels amis ? Tu viens d'arriver ! Je doute fort que tu puisses en avoir !

— Je n'ai pas à me justifier.

— C'est quand même étonnant que tu sois là exactement au bon moment et au bon endroit !

— Tu m'accuses, maintenant ?

— À toi de me le dire.

— Si tu continues, je te laisse seul sur cette route.

— Ça fait beaucoup !

— Tu crois que j'aurais orchestré ton accident ?

— Et pourquoi pas ?

— Dans quel but ?

— Bah je ne sais pas. Pour que je change l'image que j'ai de toi.

— C'est du délire !

— Je deviens une victime et tu es ma sauveuse ! Tu ne connais pas le syndrome de Stockholm ?

— Tu as trop d'imagination. Nous ne sommes pas dans une fiction.

— Il t'a fallu du temps pour préparer. Tu dois être patiente, très patiente.

— Bon, pour une fois tu as une bonne réponse.

— Tu as dû m'observer prendre la moto et tu savais que j'allais rouler comme un dingue avec tout ce qui s'est passé.

— Je ne suis pas voyante.

— Je ne crois pas au hasard.

139

— Et si j'étais simplement là ? Tu ne peux pas voir le bon côté des choses ?

— Ça te plaît de me torturer ?

— Tu me vois de cette manière ?

— Oui, tu caches bien ton jeu. Je suis sûr que tu mens depuis le début. Ton histoire ne colle pas : ton arrivée, la location de la maison, ton inscription à la fac.

— J'ai fait cela pour que tu me remarques. Je voulais attirer ton attention.

— Il y a d'autres manières que de pourrir la vie de gens.

— Tu ne vois que le mauvais côté des choses. Mais on peut aussi le voir comme une thérapie.

— Je n'en ai pas besoin.

— Regarde, comment tu te sens ?

— Je ne suis pas au mieux de ma forme, comme tu peux le constater.

— Écoute-moi deux minutes ! Tu vois les choses différentes depuis notre rencontre. Tes enfants et ta femme te manquent ! Tu n'as qu'une envie. Tu veux aller les rejoindre alors que tu t'es surpris parfois à redevenir célibataire pour revivre pleinement. Je suis sûre que tu as déjà traîné la patte le matin pour aller enseigner.

— Où veux-tu en venir ?

— Il n'y a que quand on perd les choses qu'on se rend compte de leur importance.

140

— Tu te transformes en psy ?

— Laisse tomber. Tu comprendras plus tard.

— On peut accélérer ?

— C'est une vieille voiture. Je suis au max.

— Il fallait que je tombe sur une voiture pourrie.

— Encore une réflexion et je te laisse là.

— Je ne dis plus rien mais dépêche-toi, s'il te plaît !

Ses yeux se ferment. La voiture continue de rouler en enchaînant les virages. Je m'arrête à une intersection. Je vois le panneau à droite indiquant l'hôpital à cinq kilomètres. J'attends un moment. Je regarde les différents panneaux. Il est assis à côté de moi en train de dormir. Je sais que ce sera la bonne décision. Je ne le fais pas pour moi mais pour toi. La voiture avance sur la route en face. Je sais où je dois aller.

Chapitre 22
Charles

Elle semble perdue. Elle reste debout et regrette les paroles tenues la veille. Elle pense qu'elle est peut-être allée trop loin. Sa main tremble. Elle se repasse le film dans sa tête. Comment avait-elle pu se faire avoir si facilement ?

— Vous n'y êtes pour rien.

— J'aurais pu empêcher tout ça. Si je ne m'étais pas énervée comme une conne.

— Vous ne saviez pas et vous ne pouviez pas savoir.

— J'aurais pu l'écouter. Il voulait tellement me parler.

Elle s'assoit et se prend la tête dans les mains. Je l'entends pleurer. Je vais essayer de la rassurer.

— On va le retrouver.

— Vous me dites ça pour me faire plaisir.

— Les personnes disparues sont retrouvées généralement après quelques heures. Il s'agit la plupart du temps de fugues ou de personnes qui ont besoin de réfléchir.

— Là nous savons qu'il ne s'agit pas de ça.

— On doit attendre et on va peut-être savoir.

— Et que se passe-t-il si on dépasse le délai ?

— Je ne vais pas vous mentir mais la probabilité de retrouver les personnes diminue.

— Super !

— Je ne comprends pas pourquoi votre mari…

— Elle a dû faire une fixation dessus. Vous savez, les gens s'imaginent pas mal de choses. Ils s'inventent une vie pour aller mieux. Elle a dû nous envier et vouloir prendre ce bonheur.

— Je ne pense pas. Son plan ne colle pas.

— Pourquoi aurait-elle choisi mon mari ?

— Vous ne voyez pas un détail, un élément qui pourrait nous mettre sur une piste ?

— Je ne vois pas à part ce que je vous ai déjà expliqué.

— Et dans son passé ?

— À mon mari ?

— Il n'y a rien d'exceptionnel.

— Il n'a pas eu des aventures ?

143

— Pas à ma connaissance.

— Ça aurait pu avoir un rapport avec une de ses anciennes conquêtes ?

— Je les connais toutes et elles n'ont pas le profil.

— Pouvez-vous me parler un peu plus de lui ?

— Que voulez-vous que je vous dise ?

— N'importe quoi. Racontez-moi sa vie, par exemple.

— Je ne sais pas quoi vous raconter. Il a eu une enfance normale avec ses parents puis il a fait des études, ce qui lui a permis d'aller à l'université puis il est devenu professeur.

— Pas de problèmes particuliers avec ses étudiantes ?

— Non, il a toujours été professionnel.

— Et quand il était à la fac ?

— Rien de spécial. Il allait en cours et faisait la même chose que les gens de son âge.

— Vous n'avez pas de photo de cette époque ?

— Pourquoi vous voulez voir ça ?

— Je ne sais pas, une intuition.

Elle alla chercher dans une pièce à côté des vieux classeurs. Il y avait une étiquette pour chaque année.

Je commence à feuilleter les pages. La majorité sont des photos de famille, des sorties dans des parcs d'attractions, des anniversaires, mariages, des soirées. Je consulte les pages d'un inconnu. Les photos peuvent révéler beaucoup. Je revis la vie de cet homme et de cette famille en accéléré à travers ces images. On peut retracer tout. Je tombe à la fin sur des photos devant l'université et mon cœur s'arrête.

— Vous allez bien ?

Elles représentent deux jeunes hommes heureux. Ils posent devant l'immense bâtiment avec leur cartable.

— Elle date de quand ?

— 2000, pourquoi ?

— Heu, rien. Je peux emprunter la photo ?

Je me lève et je ne dois pas perdre de temps.

— Vous voulez bien m'expliquer ?

— Je n'ai pas le temps. Je crois avoir compris.

— Vous ne pouvez pas me laisser comme ça ? Dites-moi !

Je lui montre du doigt la photo dans ma main.

— Qui sont ces deux personnes ?

— C'est Jean, mon mari et son meilleur ami, Marc.

— Merci. Je ne peux pas tout vous expliquer.

Ce qui commença par un réveil brutal en pleine nuit se transforme en chasse au trésor où chaque élément s'emboîte l'un dans l'autre. Je n'avais pas connu ces sensations depuis longtemps. Sentir l'adrénaline monter à chaque moment. Je n'avais que des petites histoires et j'allais ressortir une enquête de plus de vingt ans. Je me sens comme un gamin sur un jeu de piste. J'espère qu'il n'est pas trop tard.

Plus tard dans la soirée, elle reçut l'appel du sergent lui indiquant qu'on avait retrouvé la moto de son mari.

Chapitre 23
Jean

J'ai dû m'endormir. La douleur s'est un peu calmée. Je ne vois pas de murs blancs autour de moi. Je ne suis pas sur un brancard en train d'attendre mon tour. Je n'entends pas non plus le bruit des autres personnes. Ils ont dû m'oublier. Les médecins doivent tous être débordés. Cela arrive souvent dans ce genre de situation. Les demandes ont dû affluer cette nuit. J'ouvre les yeux et j'entends simplement le bruit des vagues qui chassent le sable dans un va-et-vient reposant. Je subis les effets de l'accident. Mon cerveau peut me jouer des tours. J'ai déjà vu des émissions là-dessus. Les personnes sont persuadées d'être dans un autre endroit. On appelle ça les hallucinations post-traumatiques. Je me souviens très bien de tout ce qui s'est passé : la moto, l'accident, Sophie. Je dois vouloir me rappeler ce lieu. Mon esprit tente de s'apaiser. La douleur doit me faire délirer.

Les médecins sont en train de me faire revenir. Ils ont dû me donner un fort tranquillisant. Il y a peut-être des effets secondaires comme des visions.

Je regarde le fond bleu de la mer et ce soleil éclatant. Il avait plu toute la nuit et on devait être le jour suivant. Sophie est assise à côté de moi. Je ne peux pas bouger avec cette jambe. Elle a les cheveux dans le vent et regarde l'horizon. Elle semble heureuse.

— Pourquoi sommes-nous là ?

— Regarde comme c'est beau.

— Je dois voir un médecin.

— Oui, mais apprécie la vue. Ce n'est pas tous les jours. Les gens ne prêtent pas attention au monde autour de nous.

— Pourquoi tu m'as amené ici ?

— Pour voir la mer. Tu as de drôles de questions.

— Laisse-moi juste appeler et je ne dirai rien.

— À quel propos ?

— Je ne sais pas tes intentions mais je fermerai les yeux si tu me laisses partir.

— Tu ne vois pas la beauté du paysage. Je me sens tellement bien ici. J'aime le calme qui règne. Il ne peut rien nous arriver. Nous sommes protégés.

— J'ai mal. Regarde ma jambe. Je vais mourir si je ne vois pas un médecin.

— Je n'ai pas de réseau. Nous serons tranquilles.

— Tu es définitivement folle.

— Je ne peux pas tout te révéler mais tu comprendras.

— Je veux que tu comprennes. Je ne ressens que de la haine pour toi. Je ne t'aime pas et je ne t'aimerai jamais.

— Je le sais.

— Alors si tu ne veux pas être avec moi, qu'est-ce que tu veux ? Pourquoi m'avoir sauvé si c'est pour me laisser crever ?

— Tu poses tellement de questions. Je n'ai pas le temps de répondre.

— Réponds-moi, bordel !

— Une question à la fois.

Mon bras me fait affreusement mal et je ne sens plus ma jambe.

— Ma jambe. Je n'arrive plus à la bouger.

— Oui, c'est normal. Elle commence à dépérir.

— Tu es un monstre. Aide-moi, bordel de merde ! C'est quoi ton problème ?

— Hurler ne nous aidera pas. Reprenons depuis le début.

— Je m'en fous, je ne t'écoute plus.

— Tu vas bien écouter. Il ne reste que ça, du temps, et tu vas le passer avec moi.

— Tu es complément cinglée. Va te faire soigner !

— Donc je disais... Tu perds petit à petit l'usage de ta jambe et plus on attend, plus l'amputation sera la seule solution.

— Appelle les secours, je t'en supplie.

— Je ne le ferai pas. Nous commençons seulement.

— Arrête tout ça. Tu peux tout arrêter, tout. Il suffit de les prévenir.

— Je le ferai mais pas maintenant. Nous avons tellement de choses à nous dire.

— Je n'ai rien à te dire. Je ne te connais même pas.

— Tu te trompes. Tu me connais depuis longtemps.

— On ne s'est jamais vus avant ton arrivée. Je ne te connais pas !

— Ce n'est pas grave. Tu n'es pas encore prêt.

— Qu'est-ce que tu veux à la fin ?

— Je veux simplement avoir une discussion.

Elle prend une poignée de sable dans sa main.

— Regarde, tu vois, le sable représente le temps qu'il te reste à vivre.

Ses mains laissent échapper les grains tout doucement.

— Le sable s'évapore à l'image de ta vie. Il a toujours été question de ça. Du temps.

— Je ne comprends rien.

— Il ne te reste que très peu de temps et il va falloir l'utiliser au maximum.

— Pour faire quoi ? Tu veux te confesser ?

— Non, pas moi, mais toi tu le feras.

Je regarde autour de moi. Je pourrais prendre une pierre et lui mettre en plein visage. Je dois attendre, elle fera bien une erreur.

Chapitre 24
Sophie : 2000

J'ai peur. Je cours le plus vite possible. Je regarde derrière moi. Je ne vois personne mais je continue de courir. Je ne pense qu'à une seule chose. J'avance une jambe puis l'autre. Je ressens le souffle me brûler la gorge. Ma poitrine se gonfle et recrache l'air. J'ai l'impression qu'elle va exploser. Mes cheveux s'envolent. Mes pieds me brûlent. J'aurais dû mettre mes chaussures. Je pleure toutes les larmes de mon corps. Je suis tellement triste. Mes muscles commencent à se tétaniser. Il fait tellement sombre. Les arbres et la forêt semblent bouger. Je m'attends à voir sortir une ombre de celle-ci à tout moment. Je fixe un point devant moi. Je m'aide de mes bras. Les rues sont désertes. Personne ne pourra m'aider. J'aurais dû écouter maman. Elle me répète sans cesse de ne pas faire de bêtise. Je suis tellement têtue et curieuse. Je n'ai pas pu m'empêcher. Je traverse le village mais je ne dois pas m'arrêter.

Maman pourra comprendre. Elle me pardonnera et elle me croira. Elle sera là et me prendra dans ses bras et tout sera effacé. Je pense à ma maison, à mon lit, à mes parents.

Je dois me souvenir de chaque détail. Je ne dois pas oublier. Mon esprit s'égare un peu avec l'effort. Peut-être que je rêve ? Je vais bientôt me réveiller. Je dois être dans mon lit en train de faire un affreux cauchemar. Je prends le dernier virage. Je suis bientôt arrivée. Je n'ai rien pu faire. Je suis tellement petite et je n'ai pas la force. Je n'ai pas pu t'aider. J'espère que tu me le pardonneras. Je suis tellement désolée.

Devant ma maison, les larmes recouvrent mon visage. Mes pieds nus sont recouverts de boue. Ma jolie robe ne reflète plus sa beauté. J'attends un instant et reste silencieuse. Je ne dirai rien car personne ne me croira. Je devrai attendre d'être plus grande. La lumière qui donne sur la cuisine est allumée. Maman doit être là et m'attendre. La porte d'entrée s'ouvre et je vois son visage. Elle court vers moi et me prend dans ses bras.

— J'ai tellement eu peur !
— Pardon.

— Où étais-tu ? Je t'ai cherchée partout.

— Je me promenais.

— À cette heure, tu es folle ! Ne me fais plus jamais ça. S'il te plaît. Tu m'entends ?

— Oui, maman.

Elle ne m'a pas disputée. Elle est juste heureuse de me voir. Nous sommes rentrées et je me suis lavée. J'ai enlevé toute la saleté sur mon corps. Il y a des choses que l'on ne peut pas enlever. Elles restent gravées dans la mémoire. L'esprit ne va pas les supprimer. Je n'oublierai pas. Tu me manques terriblement.

Peu de temps après, le téléphone a sonné. Maman a décroché et son visage s'est transformé. J'ai compris plus tard qu'il s'agissait du commissariat. On l'avait prévenue de la disparition de Papa. Elle laissa tomber le téléphone au sol et s'écroula par terre. Elle n'avait jamais craqué et je me suis blottie contre elle jusqu'au petit matin.

Chapitre 25
Charles

Le voisin connaissait la victime disparue depuis vingt ans. Ils avaient été à la fac ensemble. Je ne voyais pas le lien avec la jeune fille. Elle le soupçonne et veut peut-être se venger. Pourquoi avait-elle attendu tant de temps ?

Je devais réfléchir. Je dois remettre tout ça dans le bon ordre. Je dois être au calme et il n'y a qu'un seul endroit pour ça.

Je me rends au café *Le Bully*. Je suis un habitué. Le patron me reconnaît tout de suite. Ce n'est pas un endroit bien fréquenté mais je me sens bien là-bas. Les lumières fluo sont trop puissantes. La musique résonne sur les murs. Il tente de faire une ambiance boite de nuit mais c'est raté.

Je commande un whisky sec au comptoir. Je ne prends jamais de glaçons. Deux types refont le monde à côté de moi. Ils ont visiblement passé une bonne soirée. Ils sont obligés de se soutenir mutuellement dans ce moment. Les verres entassés devant eux témoignent du désastre. J'aime l'odeur qui se dégage de ce lieu, entre la fumée de cigarette et les parfums forts de certaines femmes. On ne trouve pas la super classe ici. Josy s'avance vers moi.

— Alors on se balade ?

— Je suis en plein travail.

— Ouais, c'est ça. Allez, viens avec moi, ça te changera les idées.

— Je n'ai pas le temps pour ça.

— Arrête tes conneries. Tu fais quoi de beau à cette heure ?

— Ça ne te regarde pas et laisse-moi, je n'ai pas la tête à ça.

— Bon, tu me fais signe quand tu es libre. Pauvre type.

Je m'avale un puis deux verres. Le barman semble toujours impressionné de ma descente. Il nettoie les verres pendant des heures. Ça doit l'occuper de faire semblant de travailler. Il m'énerve à faire ça.

— Dure soirée ?

— Tu m'étonnes.

— On ne peut pas mettre la musique moins fort ? J'ai du mal à me concentrer.

— Non, c'est automatique.

— Laisse tomber. Je vais aller m'asseoir à une table. Tu pourras me servir deux autres verres après ?

Assis, je repense à ce corps, à cette disparition, à cette femme et à cette fille. Je n'ai pas osé lui dire qu'il s'agissait de sa fille. Elle était déjà tellement mal comme ça. Je ne voulais pas en rajouter. Je tapote le numéro du sergent.

— Allo, c'est vous ?

Il semble s'être encore endormi.

— Tu m'entends ?

— Oui, mais pas beaucoup. Vous faites la fête avec tout ce bruit derrière ?

— Non, t'inquiète. J'ai encore un service à te demander.

— Cela m'aurait étonné.

— Peux-tu m'envoyer les dépositions sur l'affaire Marc Busso ?

— Ça va être long.

— Tu peux arrêter de me dire non ? Tu me les transfères et je te laisse tranquille.

— Vous aurez ça.

— Merci et repose-toi bien.

— Vous ne voulez pas m'expliquer ?

— Non, je n'ai pas encore tous les éléments.

J'ai enchaîné les verres. Je m'étonne de tenir encore debout. On ne compte plus, à un moment. Mon téléphone vibre et je viens de recevoir les documents directement par mail. C'est incroyable, la technologie. On peut faire à peu près tout ce qu'on veut. J'ai du mal à imaginer dans le futur. On n'aura même plus le besoin de se déplacer. Toutes les enquêtes se feront à distance. Je m'égare un peu. J'ouvre ma boîte et clique sur le premier dossier.

« Année 2000, personne : Karen Busso petite amie du disparu : Marc Busso.

A eu l'autorisation de changer de nom après la disparition.

Nous sommes ensemble depuis des années. Nous nous sommes rencontrés lors de soirées étudiantes. Vous savez, où l'on peut boire et faire la fête sans se souvenir de rien. J'ai tout de suite su que c'était lui. Notre rencontre a été soudaine et inattendue mais tellement intense. Tout a été très vite. On était inséparables. Je l'aime tellement. Nous sommes tous les deux inscrits à la fac. Marc suit les cours de cinéma et moi de lettres. On n'a pas beaucoup d'heures de cours. On a donc pas mal de temps pour être ensemble.

On se balade, on lit et on regarde des films. Rien de spécial. Il n'avait pas d'ennemis. Je ne vois personne lui vouloir du mal. Il passe bien avec tout le monde. Il est gentil et apprécié. Il ne se bagarre pas et refuse le conflit. C'est un mec sans histoires.

Le jour de sa disparition, on avait passé l'après-midi ensemble. Il est parti à

18 heures. Je lui ai demandé la raison. Il m'a juste dit qu'il avait un rendez-vous. Je ne l'ai pas revu depuis. Je regrette. C'est de ma faute. Si je l'avais retenu, il serait encore là. Je n'ai rien fait. J'espère que vous allez le retrouver. Promettez-le-moi ! »

Sa déposition m'apprend de nouveaux éléments. Il est donc allé au rendez-vous. Mais avec qui ? Il n'est jamais revenu. Quelqu'un l'attendait ? On lui a peut-être tendu un piège et ce fut sa dernière soirée. Je clique sur le deuxième envoi, il s'agit de la déclaration de Jean, le professeur disparu.

« Année 2000, personne : Jean meilleur ami, date 2000 :

Je m'appelle Jean et j'habite avec mes parents dans la commune de Rec. Je suis étudiant en cinéma depuis quatre ans. Je connais bien Marc. Nous suivons les mêmes cours. Nous sommes très proches, c'est mon meilleur ami. On passe beaucoup de temps ensemble. On révise ensemble et on prépare notre thèse de fin d'études. Il ne m'a pas laissé de message. Je ne suis au courant de rien. On est comme tous les autres étudiants. On va en cours, on fait la fête et c'est tout. On n'a rien d'extraordinaire. Je ne comprends pas pourquoi il a disparu. Je l'ai vu pour la dernière fois le matin au cours de scénario.

Il hésite dans ces propos. Il se justifie. Sa voix n'est pas sûre. Il dissimule des informations volontairement. Je me demande comment les policiers de l'époque n'ont pas creusé un peu plus. J'aurais bien aimé l'interroger à mon tour. Je le ferai dès que j'aurai mis la main dessus.

Le sergent m'avait envoyé les témoignages des personnes les plus proches. Celui de la mère est d'une banalité affligeante et ne m'avance pas plus dans mon enquête.

J'envoie un message au sergent :

— Tu as bien tout envoyé ?

— Oui, il n'y a pas d'autres déclarations.

Je sens qu'il me manque quelque chose. Ils avaient oublié d'interroger une personne : la fille. Elle était la clef.

Chapitre 26
Sophie

Il a l'air tellement triste. Il s'est évanoui. J'entends le bruit de la mer. Je me sens bien. J'irai jusqu'au bout. Je vois la petite cabane qui appartient à ma famille, accès direct à la plage, isolée, on peut retrouver la sérénité ici. Enfant, on venait souvent ici avec mes parents. On se baignait pendant des heures. J'ai encore le goût du sel dans la bouche. On construisait des villes entières avec un simple seau. On inventait des histoires avec des cailloux. J'organise des guerres entières entre les galettes et les rochers. Nous étions tous les trois. Maman nous regardait avec amour en train de bronzer. Elle portait un magnifique chapeau et un maillot de bain deux-pièces. Elle était parfaite et nous illuminait de son visage. On partait à l'aventure pour rechercher des nouveaux trésors. Je plongeais la tête pour aller chercher le fond. Je ramassais les plus beaux pour notre aventure. Chaque respiration prise me permettait d'en avoir d'autres. J'avais le dos brûlé à force de regarder le fond. J'étais un pirate. Tu me tiens la main et nous sommes des explorateurs d'un monde qui me paraît tellement vaste. Je ne suis pas seule car tu es là à côté de moi. Nous sommes libres et pouvons explorer le monde entier. Je ressens les bons souvenirs. Je sens cette belle odeur et ce calme. Tout a commencé ici et tout finira ici.

Il ouvre les yeux difficilement.

— Je ne sens plus ma jambe.

— Je te l'ai dit, tout finira. Bientôt !

— Si tu as un peu de compassion, laisse-moi rentrer chez moi.

— Nous n'avons pas encore fini.

— Nous sommes complètement perdus.

— Pourquoi tu dis ça ?

— Je te vois regarder ma poche depuis le début.

— Tu dis n'importe quoi !

— Mon téléphone ne te servira à rien. Et tu ne pourras pas repartir d'ici sans moi.

— Je souffre. Regarde comment je suis ! Je ne connais pas tes intentions mais laisse-moi partir. Je ne dirai rien à la police. Tu peux me laisser à un endroit et je raconterai des bobards. J'ai eu un accident et j'ai marché dans le vague. Ils me croiront.

— Tu sais mentir ?

— Oui, je peux leur raconter n'importe quoi. J'ai soif. Tu peux me donner de l'eau ?

Je lui donne la bouteille d'eau. Il boit et en renverse la moitié par terre.

— Tu sais donc mentir ?

— Je peux le faire.

— Tu pourras faire croire à tout ça et inventer une histoire ?

— Oui, je ne parlerai pas de toi. J'oublierai tout. Je ferai l'amnésique. Ça peut bien fonctionner aussi. Je peux aussi simuler un choc après mon accident. Ils ne poseront pas de questions. Je parlerai juste de l'accident, de la vitesse et du choc. Ils me verront comme une victime. Ils ne feront pas de vagues et seront juste contents de me retrouver. Ils passeront à la télé et deviendront des héros. On leur décernera une médaille. Tout le monde veut être un héros. Tu ne penses pas ?

— Ça me paraît compliqué tout de même.

— Fais-moi confiance ! Je suivrai le plan à la lettre.

— Tu peux être un bon comédien ?

— Oui, je t'assure : ils me croiront.

— Comment peux-tu en être sûr ?

— Je… heu…

— Alors ? Tu l'as déjà fait ?

— Quoi ?

164

— Tu as déjà menti à ce point ?

— Je ne comprends pas où tu veux en venir.

— La question est simple. Est-ce que tu as déjà menti le plus fort possible ?

— Tu parles de quoi ?

— De rien, est-ce que tu peux être un bon menteur ?

— Oui, je ferai tout mon possible. Ils ne pourront pas faire autrement que de me croire. Regarde bien mon profil. Je n'ai pas de casier. Je suis propre et j'ai une famille et une situation. Je n'ai pas d'intérêt à mentir.

— Et si tu avais un intérêt, est-ce que tu le ferais ? C'est bien ça que tu es en train de me dire ?

— Oui, s'il le faut. Ne t'inquiète pas, je le ferai.

Je prends le sable une dernière fois et tous ces souvenirs refont surface. J'ai ma réponse. Tu es bien un imposteur. Tu feras n'importe quoi pour te sortir de la merde. Il ne faut pas se fier à ton visage d'ange. Je le connais bien.

— Tu peux répéter pour être sûr ?

— Je te promets de ne rien dire.

— Tu es donc prêt à mentir devant les policiers et devant ta famille ?

— Oui, libère-moi.

Je ne réponds plus. L'océan vit devant moi. Le temps ne l'arrête pas. Il n'oublie pas et moi non plus.

— Pourquoi tu ne me dis pas la vérité ?

— À propos de quoi ?

— Déjà, à propos de cet endroit.

— Je ne sais même pas où nous sommes.

— Tu le sais très bien.

— Une plage, et alors ?

— La cabane plus loin. Elle ne te dit rien ?

— Je ne me rappelle pas.

— Tu sais très bien ce qui s'est passé.

— Je ne vois pas de quoi tu parles et je m'en fous. Je veux juste rentrer chez moi. Si tu as une conscience, tu sais que c'est mal. Tu n'as pas à faire ça.

— Tu mens.

— Pourquoi je ferais ça ?

— Tu connais cet endroit ?

— Non, oublie tout et j'oublie tout.

— Je ne pourrai pas le faire. J'ai fait une promesse.

— À qui ?

— À mon père !

— Et alors ? Pourquoi ça me concerne ?

— Car tu le connais !

— Oui, c'est ça, je suis devin et je connais tout le monde. Et comment il s'appelle ?

— Il s'appelait Marc.

Il arrête de parler à cet instant. Mes mots résonnent dans sa tête. Je viens d'enfoncer un poignard dans son esprit. Il a compris que je ne suis pas là par hasard. Je viens de faire resurgir un démon du passé. Il avait enfoui cela au fond de son être. Le temps n'a pas d'importance et le bruit des vagues vient accompagner nos pensées. Il a menti depuis le début et il pourra dire la vérité plus tard. Je ne suis pas pressée. J'ai attendu ce moment depuis tellement de temps.

Chapitre 27
Sophie : 2000

Je n'arrive pas à dormir. Mes doudous ne m'aident pas. La pluie tape sur les vitres. D'habitude, maman laisse une lumière pour me rassurer. J'ai trop regardé de films d'horreur. Je revois le monstre et une autre créature dès que mes yeux se ferment. Je sors de mon lit et je reste cachée derrière la porte. J'attends la voix de papa. Il va partir ce soir. Il ne dit rien à maman. Je soulève la fenêtre doucement sans faire de bruit. Je sors sur le toit. La pluie continue de tomber. Je ne dois pas tomber. Ce n'est pas la première fois que je pars en pleine nuit. Je sens que tout sera différent ce soir. Ne regarde pas en bas ! J'arrive à la gouttière et attrape la petite échelle. Mes pieds glissent et je me rattrape à une main. L'eau s'accumule autour de moi. Je saisis la petite échelle avec l'autre main. Il ne va pas tarder. En bas, je regarde autour de moi. J'aurais dû prendre mon manteau et mes chaussures. La voiture n'est pas très loin. Je passe devant la cuisine et vois maman qui essaie de le retenir. J'ai encore un peu de temps. Je ne peux pas m'asseoir dans la voiture. Il me verra. J'ouvre le coffre et me glisse dedans. J'ai peur mais je veux savoir. J'ai toujours été curieuse. Je ne sais pas où il va.

J'entends des pas qui approchent de moi. La porte côté conducteur s'ouvre et se referme. Les clefs entrent et le moteur commence à se faire entendre. La voiture avance. Je ne connais pas les destinations. Mais j'ai hâte de découvrir ou d'être juste avec lui. Les kilomètres s'enchaînent. La pluie continue de tomber sur la voiture. Pourquoi il part en pleine nuit ? Il ne l'a jamais fait. Je pourrai te protéger. La voiture finit par s'arrêter. Il ouvre la porte et le bruit des pas s'enfuit au loin. J'ouvre le coffre tout doucement. Je regarde si personne ne m'a vue. Je suis comme Lara Croft en pleine enquête. Je vais découvrir un trésor. Je me cache derrière la voiture. Papa a marché quelques mètres plus loin. Il fait tellement nuit. Je n'ai pas peur. Je suis une aventurière.

Je me faufile vers l'avant. Il vient d'entrer dans la cabane. Je m'abaisse et me fais piquer par des orties. Je n'ai rien préparé. J'aurais dû mettre mes chaussures.

J'étais tellement pressée de partir. Je n'ai pas tout de suite reconnu l'endroit. Mes mains touchent le sol et je prends une poignée. Je sens qu'il se dérobe petit à petit dans mes doigts. Je connais cet endroit. Nous sommes à la cabane sur la plage.

Chapitre 28
Jean

Elle est devant moi. Elle tient une pelle dans la main et prend une masse de sable et l'envoie derrière elle. Je ne trouve pas de cailloux pour me défendre. Pourquoi sa fille ferait tout ça ?

— Qu'est-ce que tu fais ?

— Je creuse.

— Pourquoi ?

— Bah, c'est tellement évident !

Elle sue énormément avec cette chaleur. Son visage se reflète sur les vagues. Elle est tellement belle.

— Je ne t'ai pas reconnue.

— J'ai bien changé.

— Oui, tu n'étais pas aussi…

— Belle ? C'est ça que tu voulais dire ?

— Non, tu es devenue une femme. Je t'ai connue toute petite. Je n'ai pas fait le lien tout de suite. Mais pourquoi tu as menti tout ce temps ?

— J'ai fait comme toi.

— Tu ne réponds jamais aux questions.

— Je n'ai pas l'habitude de faire autant de sport. Je t'ai porté dans la voiture puis jusqu'ici et là, ce trou m'épuise. Je dois me concentrer.

— Pourquoi tu fais un trou ?

— Je te le dirai plus tard. Si tu peux arrêter de m'interrompre. Je n'ai pas encore fini.

— Je sais que cela a été dur pour toi.

— Tu parles de quoi ?

— La disparition de ton père.

— C'est du passé.

— Je suis vraiment désolé.

— Je le sais.

— Attends une minute, pourquoi tu le sais ? Je ne comprends pas.

— Tu sais très bien ce qui va se passer.

— Tu penses que j'ai quelque chose à voir avec la disparition de ton père ?

— C'est bien. Tu commences à comprendre et à te dévoiler.

— Je ne suis pas coupable.

— Pourquoi tu trembles si tu n'as rien à te reprocher ?

— Parce que je ne sens plus ma jambe et que je suis sur la plage avec une folle !

— Tu me vois comme ça ?

— Excuse-moi, je ne voulais pas dire ça.

— Mais tu l'as dit. Les enfants m'ont toujours traitée de cette manière. Après la disparation de papa, je connaissais la vérité mais je ne pouvais pas le dire. Personne ne me croirait. Je n'étais qu'une enfant. Alors j'ai attendu le bon moment.

— Tu n'as pas à te sentir mal. Tu n'as rien à voir dans cette histoire.

— Bien au contraire, je me suis renfermée sur moi-même. J'ai lu un nombre hallucinant de livres. Je me baladais avec tout le temps. Je supportais mal les moqueries de mes camarades. Ils ne comprenaient pas que je puisse passer autant de temps à lire. Je me sentais comme un monstre.

— Mais regarde ce que tu es devenue !

— Oui, il a fallu du temps pour changer mais je n'ai jamais oublié.

Chapitre 29
Charles

Je tourne le verre depuis un certain temps. Je n'arrête pas de penser à cette petite. Elle soupçonnait ce type. Pourquoi elle se manifeste après tant de temps ? Pourquoi choisir ce pauvre gars ? Il avait été à la fac avec son père. Ils étaient les meilleurs amis du monde. Elle devait le tenir pour responsable. Petite, elle avait ressassé cette affaire, de grandir sans réponses, sans savoir. Cela doit être terrible de ne pas comprendre. Elle avait peut-être refait le cours de l'histoire et avait son coupable : Jean !

Il était la seule personne qu'elle connaissait. Elle devait trouver une personne. Il doit toujours y en avoir une. Elle avait fait une fixation sur lui et avait attendu le bon moment pour lui faire payer. Je n'ai pas sa déposition. Personne n'a pensé à écouter cette petite. Elle savait des choses.

On n'écoute pas les enfants. On ne leur accorde pas d'importance. On pense plus à les rassurer, ce qui est normal, mais elle avait peut-être la réponse. Elle connaissait le coupable.

Et si le beau professeur avait quelque chose à voir avec la disparition ? Et s'il avait fait une fausse déclaration ? Il avait stipulé ne pas l'avoir vu le soir. Elle avait dû penser son plan depuis des années. Le tableau représente chaque élément de sa vie. Elle avait pris toutes les informations. Tout peut aller si vite maintenant avec internet et les réseaux sociaux. Elle n'a pas dû chercher très longtemps. Il suffit de taper le nom de la personne pour connaître toute sa vie, ses goûts, ses amis... La vie privée n'a plus de sens. Les informations bougent d'un point à un autre.

Sur mon portable, je clique sur le profil de Jean. On aperçoit des photos banales, des moments de vie figés. Il a l'air heureux. Rien ne peut entacher ce bonheur sauf cette fille.

Le barman s'avance vers moi.

— Tu ne seras pas mieux chez toi ?

— Non, j'ai encore des trucs à faire.

— Ah oui, tu vas encore te mettre mal ?

— Arrête de faire ça !

— Quoi ?

— De me prendre pour un gamin !

— Tu crois trouver la solution dans tes verres ?

Pierre tenait ce bar depuis des années. C'est une bonne personne. Il n'avait pas le profil. Sa vie avait bifurqué à un moment. Il avait tellement de rêves et puis tout a changé. Il avait acheté cet endroit. Il ne l'a jamais vraiment aimé. Il donne toujours l'impression d'être ailleurs, de ne pas coller avec les décors. Il passe la plupart de son temps derrière le comptoir à voir des vies se détruire. Des personnes abîmées par la vie cherchant le réconfort dans ce lieu. Il avait affiché derrière lui un poster de plage et de sable fin. Il voulait se motiver.

— Donne-moi un verre.

— Non.

— C'est nouveau, ça !

— Ça ne t'aidera pas !

— Tu passes tellement de temps pour ton boulot.

— Tu me fais la morale.

— Sors, va au cinéma ou fais du sport. Le monde est vaste.

— C'est moi qui bois trop ou toi ?

— Regarde-toi ! Tu passes à côté de tout.

— Je ne viens pas ici pour avoir un cours de morale.

— La réponse ne se trouve pas ton verre ! Réveille-toi ! Tu peux être une bonne personne mais tu te voiles la face.

— Juste un dernier et après je te laisse tranquille.

— Tu n'auras rien.

Il a l'air sérieux et je ressens le besoin de lui casser la gueule. Il fait trois têtes de plus que moi. Je suis trop vieux pour ces conneries. Je sais qu'il fait ça pour m'aider. Ce n'est pas le moment. Je venais de retrouver un type disparu depuis plus de vingt ans et en même temps, je perdais le principal suspect. Une histoire de fou ! Je devais retrouver cette gamine avant qu'elle ne fasse n'importe quoi. On ne sait pas ce qui peut se passer dans son esprit. Elle peut aller loin et commettre l'irréparable. J'avais appelé le poste pour voir s'ils n'avaient pas de trace de cette foutue Twingo mais ils n'avaient pas d'informations. J'avais tous les éléments en tête mais je devais les retrouver. Le temps joue contre moi. Je ne connais pas son plan. Elle a fait preuve de patience durant tout ce temps.

Je me lève et me tiens devant le colosse. Il croit me faire peur. C'est marrant comme l'alcool peut vous faire faire n'importe quoi. Je crois réellement que j'ai une chance. Encore un dernier et je pars. Il semble déterminé et moi aussi. Le duel peut commencer. Je lui donne un coup de poing au ventre mais cela ne provoque pas l'effet attendu. Son corps ne bouge pas. Il ne réagit pas. Je retente ma chance sur son visage. Il esquive mon coup et me bloque sur le bar. J'ai le visage plaqué sur une surface grise et froide. Je ne peux plus bouger.

— Tu vas te calmer !

— Oui, j'ai compris.

— Je vais te lâcher si tu promets de te calmer. Je suis là pour t'aider, c'est compris !

Je sens mon épaule se rapprocher de mon dos. La douleur est intense. Je suis obligé de regarder le miroir d'en face. Et je fixe la photo : la mer et le sable.

— Elle vient d'où la photo ?

— De quoi tu parles ?

— Le poster.

Il me lâche le bras et je lui montre l'image.

— C'est une photo prise à la mer de Sang.

— J'ai l'impression de l'avoir déjà vue.

— Oui, c'est un endroit connu dans le coin. C'est un paradis à une heure de route. Tous les jeunes se rendaient là-bas dans le temps. Il y avait pas mal de fêtes. Maintenant, l'endroit a bien changé et a perdu de son charme. Les gens ne respectent rien.

Je ne l'écoute pas. Je sors de nouveau mon téléphone. Mes doigts tremblent. L'adrénaline doit encore faire effet. Je me vengerai plus tard. Je n'ai pas le temps pour ça. Je clique sur l'application et retourne sur le profil de Jean. J'arrive sur la page principale et me dirige vers les photos.

— Tu peux m'expliquer ? Rentre chez toi et soigne-toi, mon vieux.

— Attends, je regarde ça et promis, je te laisse.

Je navigue dans les dossiers. Je suis sûr de l'avoir déjà vue. Je ne suis pas fou. J'ai toujours eu une excellente mémoire. Mes doigts s'agitent dans tous les sens. Je suis sur le point de découvrir le lien et le lieu.

Bingo ! Je fixe la photo. Elle date de plusieurs années. Il y a bien le même décor et les deux amis de longue date : Jean et Marc. Ils sourient en maillot de bain avec un cocktail.

Je sais où tout a commencé et où tout va finir.

Chapitre 30
Sophie

J'ai presque fini mon travail. Je porte la boîte en carton. Il y a dans celle-ci un trésor inestimable.

— Je ne sais pas ce que tu comptes faire. Mais tu vas le regretter toute ta vie.

Je sors un manuscrit de la boîte et le lui montre.

— Tu le reconnais ?

— Pourquoi, je devrais ?

— Arrête de faire l'innocent, je te l'ai dit, il ne te reste plus beaucoup de temps.

— C'est un bouquin et alors ? Quel rapport avec moi ?

— Tu ne te rappelles pas ?

— Non.

— Regarde ce manuscrit, il a été écrit par mon père.

— Il écrivait beaucoup pour ses études.

— Il s'agit de sa thèse de fin d'études.

— Oui, il m'en avait parlé.

— Il avait dû passer tellement de temps dessus. Il a dû regarder des centaines de films pour écrire tout ça.

— Il était sérieux et voulait avoir la meilleure appréciation possible. Il était perfectionniste.

— Oui, il lisait beaucoup. Je me souviens. Quand j'étais petite, il avait toujours un livre à la main et le soir il me racontait toujours une histoire.

— Oui, c'est beau de se souvenir. Tu n'étais pas obligée de faire tout ça. Tu m'aurais simplement demandé et je t'aurais raconté nos années d'études. Il y a plus simple que de torturer quelqu'un !

— Je ne pouvais pas tout savoir. Il fallait que je l'entende de ta propre bouche.

— Qu'est-ce que tu attends ?

— Que tu me dises la vérité. Tu te sentiras bien mieux après.

Il regarde autour de lui pour trouver un objet pour se défendre mais je ne suis pas naïve. J'ai pris soin de tout enlever avant de le déposer là.

— Je n'ai rien à cacher. Je vais tout raconter.

— Non, tu as menti à tout le monde depuis le début.

— J'ai tout dit. Il a disparu un soir et je ne l'ai plus jamais revu.

— Tu es bien sûr ?

— Pourquoi je mentirais ? Je vais bientôt perdre ma jambe. Mon bras commence à me lâcher. Je n'ai pas le temps pour ces conneries.

— Tu continues de contester. Je t'assure que je connais la vérité.

— Et pourquoi tu dis ça ?

— Parce que j'étais là et j'ai tout vu.

Chapitre 31
Sophie :année 2000

J'attends un moment pour ne pas me faire voir. J'ouvre le coffre et sors discrètement. Je me crois dans un film d'espionnage comme un agent secret. Je m'abaisse et longe la voiture. La cabane plus loin est allumée. Je m'avance en me faisant le plus petite possible. Je sens le sable se serrer dans mes doigts de pied. J'ai toujours aimé cette sensation. L'air est frais et même si la nuit est tombée, je n'ai pas pleuré. Je vais juste découvrir le secret de Papa. Il est peut-être parti chercher un trésor. J'arrive devant la cabane. Elle est faite entièrement de bois. Elle appartient à ma famille depuis des générations. Plus tard, elle sera à moi et je pourrai revenir passer d'agréables moments.

Je remarque qu'il y a une autre voiture garée juste devant. Papa n'est pas seul. Il aurait une autre amoureuse ? Je ne pense pas. Il a toujours été très amoureux de Maman. Je serais tellement déçue. Pourquoi viendrait-il dans cet endroit et à cette heure ? Je devais en avoir le cœur net. Ma curiosité me perdra. J'ai trop d'imagination et je me crois dans un roman policier. Je suis une enquêtrice sur le point de découvrir la vérité. Je suis juste en dessous de la fenêtre. Je pousse sur mes jambes pour me hisser devant elle. Je vois mon père avec un verre à la main. Il discute avec une autre personne mais je ne vois pas son visage plongé dans le noir. Il a aussi un verre à la main et ils semblent discuter tranquillement et puis soudain le visage de papa se fige. Il reste muet. Il a la bouche grande ouverte et cherche à prendre son air. Il se débat et essaie de saisir la personne derrière lui. Il n'y arrive pas et je ne peux pas l'aider. Je ne suis pas assez forte. J'ai peur et je pleure. Je ne vois toujours pas son visage. Les corps se déplacent. Les objets se brisent par terre. La scène semble durer une éternité. Je dois rester pour voir son visage. Papa n'a plus de forces et ses genoux touchent le sol. Ses bras lâchent et son souffle est parti. Et c'est à ce moment-là que j'ai vu son visage, celui de son meilleur ami : Jean.

J'ai couru comme une folle. Il va me faire la même chose. Je ne dois pas me retourner. J'ai peur et je cours le plus vite possible.

Chapitre 32
Jean

Elle a fini de creuser et pose sa pelle. Elle a laissé le manuscrit devant moi.

— Tu veux une confession ?

Elle ne répond pas et place à l'intérieur du trou le document.

— Réponds-moi, tu veux savoir ?

Elle me saisit les jambes et me traîne sur le sable.

— Arrête, tu n'as pas à faire ça !

Elle tire de toute sa force pour me déplacer. À ce moment, je me repasse les images de l'accident. Elle avait mis toute sa rage pour me sauver pour ensuite me mettre sous terre. Je tente de l'attraper mais mes jambes ne répondent plus et je n'ai plus qu'un seul bras de valide. Elle est désormais à côté de moi.

— Attends, on peut parler. Je vais tout te dire mais arrête, s'il te plaît. Je t'en supplie.

— C'est marrant, je t'ai laissé tout le temps et c'est maintenant que tu te décides.

— Je n'ai pas compris au début. Je vais tout avouer.

— Je t'écoute.

— T'as raison. J'étais bien là ce soir-là et j'ai bien menti à la police.

— Pourquoi tu as fait ça ? Il était ton meilleur ami.

— J'ai déconné. Je ne voulais pas.

— Explique-moi tous les détails. J'ai besoin de savoir, de comprendre.

— Oui, je lui donnais rendez-vous le soir dans cette cabane. Je ne voulais pas que ça arrive. Je n'avais pas prémédité. Tout s'est passé si vite. On devait se voir au sujet de la thèse.

— Le document que je t'ai montré.

— Oui, je lui ai demandé de signer avec nos deux noms.

— Pourquoi il aurait fait ça ? Il a fait la plupart du boulot.

— Je l'ai aidé et je voulais juste qu'il récompense ce temps mais il n'a rien voulu savoir. Il m'a dit qu'il ne mettrait que son nom.

— Tu l'as tué pour un bout de papier ?

— Pas n'importe lequel, il s'agit de plusieurs années de travail. Je ne pouvais pas recommencer. Les études coûtaient énormément à mes parents. Oui, je lui ai pris son travail mais j'y ai participé.

192

— Ça n'excuse pas tout. Et pourquoi ne pas avoir appelé la police ?

— J'ai paniqué, j'étais jeune. Je ne voulais pas passer ma vie derrière les barreaux.

— Tu pouvais te dénoncer !

— Mais attends, tu ne l'as pas fait. Si tu savais tout, pourquoi tu n'as rien fait ?

— Je voulais attendre le bon moment.

— Tu pouvais aller voir la police. Tu me ressembles, dans le fond.

— Je n'ai rien dit car je savais qu'ils ne m'écouteraient pas. Qui écoute une gamine ? De plus, ils n'ont jamais retrouvé le corps.

— Tu peux les appeler. Je leur dirai tout.

— C'est trop tard et puis je ne te crois pas.

— Je t'assure. Crois-moi, je le ferai si tu me laisses partir.

— Tu avais tout prévu avec une belle froideur. Je veux juste savoir où il se trouve.

— Je l'ai enterré dans le jardin appartenant à un de mes cousins. Je suis venu la même nuit et je savais qu'il n'y avait personne.

— Quelle ironie ! Tu vas pouvoir vivre et sentir tout le mal que tu as fait.

— Arrête !

Je n'ai pas le temps de terminer ma phrase et je sens ses bras me pousser au fond. Je suis coincé dedans. La terre commence à recouvrir petit à petit mon visage. Je ne vois plus le ciel. J'entends juste le bruit de la pelle dans le sable. Ma vision se trouble. J'ai de plus en plus de mal à respirer. Pour la première fois, j'ai peur. Je repasse le fil des évènements. Elle continue de mettre du sable. Je n'ai plus que la bouche qui dépasse et à ce moment-là, j'entends une voix :

— Arrête !

Chapitre 33
Charles

Elle se tient devant moi. Elle a cessé de retourner le sable. J'ai un sentiment étrange. J'ai passé les derniers jours à chercher après des fantômes. J'ai retrouvé des gens morts et perdus, des autres vivants. Elle n'avait pas le profil d'une tueuse. Elle est belle avec ses cheveux au vent, son petit short et son tee-shirt court rouge. Je ne sors pas mon arme. Elle a le visage d'une gamine.

— Tu n'es pas comme ça !

— Vous ne me connaissez pas.

— Tu ne dois pas faire ça. Ce n'est pas la solution.

— Et pourquoi pas ? J'ai attendu vingt ans ! Vous vous rendez compte ? Il m'a fallu tout ce temps pour rependre ce qu'il m'a pris. Ma vie s'est stoppée ce fameux soir.

— On va discuter. Je suis au courant pour le rendez-vous. Je sais qu'il est la dernière personne à l'avoir vu vivant. Et avec ton témoignage, il passera la fin de sa vie en taule. Ne fais pas de conneries.

— J'ai passé toute mon enfance à attendre ce moment où je peux enfin lui faire payer. Je rêvais de ce moment où il me supplierait de le laisser en vie. De voir son visage avec la peur. Je voulais qu'il ressente la même peur que j'ai pu avoir.

— Tu ne peux pas faire ça. On a assez de preuves pour le coincer. Tu as la vie devant toi, ne gâche pas tout. Tu as tout l'avenir devant toi. Il ne faut pas vivre avec le passé.

Elle commence à pleurer.

— Vous ne comprenez pas. Je n'étais pas assez forte. Je n'étais qu'une enfant. Je revois tous les soirs la même scène et les mêmes images en boucle. Je me sens coupable de n'avoir rien fait. Je ne l'ai pas aidé. J'aurais pu rentrer dans la pièce et faire quelque chose mais je suis resté dehors et je me suis enfuie.

— Tu ne pouvais pas savoir. Tu n'étais qu'une enfant. On ne devrait pas vivre ça. Tu n'es plus cette gamine. Tu as bien changé. Regarde-toi, tu es une femme avec toute la vie devant toi.

— J'ai fait une promesse. Tous les soirs, je me répétais la même phrase. *Je promets de te venger.*

— Et tu as réussi. On a enfin retrouvé le coupable.

— On ne pourra pas lui mettre la main dessus. On ne peut pas inculper une personne sans preuve. Sans corps, il n'y a pas d'enquête et pas de procès. C'est la seule solution.

Elle prend sa pelle pour prendre une dernière poignée de sable.

— Tu te trompes, on l'a retrouvé.

— De quoi ?

— On a retrouvé ton père.

— Vous vous foutez de moi.

— Non, il était enterré depuis tout ce temps. On l'a retrouvé avec la météo et un peu de hasard, le passé a refait surface. On pourra donc l'inculper.

— Vous vous trompez, inspecteur !

— Je ne mens pas. Repose cette pelle !

Elle laisse retomber le sable pour refermer le trou.

— Mais pourquoi tu as fait ça ?

— Vous le savez très bien !

Je cours comme un dératé. Je m'abaisse et commence à creuser le plus rapidement possible. J'ai les mains qui me brûlent. Je lui demande de m'aider mais elle reste immobile. Je pousse le plus de sable possible. J'ai du mal à respirer. L'effort est intense. Je saisis la pelle et la plante dans le sol. Je jette des grosses masses au-dessus de moi. Je dois me dépêcher. Le temps joue contre moi. Il ne va plus avoir assez d'air. Je ne peux pas l'arrêter et aider ce type. J'ai fait mon choix. Les gouttes de sueur inondent mon visage.

— Aide-moi !

— Il est trop tard, vous ne pourrez pas le sauver.

Je ne vois toujours pas de corps. Elle a dû l'enfoncer profond. Le soleil tape sur mon visage. J'enlève mon manteau. Et je m'arrête soudainement. Je viens de comprendre.

— Je ne pourrai pas le sauver.

— Non.

Je ne trouve pas le corps mais un document papier. Il est écrit : *Thèse de Marc Busso : la spirale des héros dans le cinéma.*

— Il appartenait à mon père et il est mort pour ça. J'ai pensé qu'il serait bien là.

— Où est le gars ? Tu ne l'as pas enterré ici ?

— Il est ailleurs. Je ne vous dirai pas où.

— On peut le sauver.

— Il est déjà trop tard.

— Tu vas passer ta vie en prison. Tu te rends compte de ça ?

— Pour ça, il faudrait déjà retrouver le corps.

199

— Je vais faire venir toute une équipe et ils vont tout ratisser.

— Regarde autour de toi. Tu vois l'immensité de la plage. Cela va vous prendre du temps. Je serai déjà loin.

— Pense à sa famille et à tous les gens autour de lui.

— Et moi, qui a pensé à ma souffrance, à tout ce que j'ai perdu ? J'ai passé des années à penser à ce moment où je pourrais enfin le venger. J'ai lu des ouvrages à faire des insomnies. J'ai enquêté pour le retrouver et j'ai réfléchi à la meilleure solution. Je voulais tout lui prendre, son boulot, sa famille, sa vie. J'ai repris ce qu'il m'a volé il y a vingt ans.

— Il aurait pu avoir un procès.

— Vous savez très bien que cela est faux. Je devais le venger car il méritait mieux que ça : mourir dans cette cabane pour un bout de papier. Tout a commencé ici et tout finira ici. Vous savez très bien le mot.

J'ai compris à ce moment. Le mot résonne dans ma tête : prescription. Elle avait raison. Il n'y aurait pas de procès, pas de jury et pas d'avocat. Rien de tout ça. Le temps efface tout.

Je dois servir et protéger mais à ce moment, c'est différent. Je comprends ce qu'elle me disait. Elle avait raison, vingt ans ! Le temps peut jouer contre nous et il est notre ennemi.

En effet, au-delà d'un certain temps, il est impossible de faire une action en justice. Elle le savait et je le savais. Le vent souffle sur nos visages. Elle continue à pleurer. Nous sommes tous les deux assis face à la mer.

— Tu vas faire quoi maintenant ?

— Je vais vivre une autre vie. Je suis libérée de tout. J'ai envie de voyager, de rencontrer des personnes, de vivre des expériences.

Je veux rependre une nouvelle gorgée mais j'ai changé. Une partie de moi s'est brisée. Je regarde devant moi l'océan et ses vagues infinies. Je jette la bouteille le plus loin possible. Je la vois rester un instant à la surface pour tomber doucement au fond de l'eau.

— Et vous ?

— Je vais aussi faire autre chose. J'en ai marre de tout ça. Je vais me mettre à la cuisine et ouvrir un restaurant. J'ai toujours voulu faire ça mais on reporte et après il est trop tard.

— Je dois partir. On se reverra peut-être un de ces quatre. Vous m'inviterez ?

— Oui, on ne sait jamais.

Elle me fait un dernier signe avec les cheveux dans le vent. Elle sourit pour la première fois. Son corps disparaît au loin.

Je n'ai pas reconnu ton visage tout de suite mais je souviens, maintenant. Tu n'es plus une petite fille. Tu es une femme, maintenant, et tu as toute la vie devant toi. Je t'ai menti quand tu étais petite. Je t'ai promis plein de choses. Nous ne sommes pas des superhéros et nous avons failli à notre mission. Nous n'avons jamais retrouvé ton papa. Je suis désolé.

Tu as rétabli les choses et voilà pourquoi je ne le chercherai pas. L'affaire est classée. Je vais juste rester un instant ici et savourer le moment.

Je m'abaisse et pose ma plaque sur le sable chaud. Il est temps pour moi de prendre un nouveau chemin et de vivre une nouvelle vie. Je peux enterrer cette vie.

Épilogue
Sophie : 2000

J'ai un peu peur. Maman m'a emmenée dans la voiture. Je n'ai pas eu le temps de prendre mes doudous. Il y a plein de policiers autour de moi. Ils sont tous énervés et parlent fort. Maman est dans une pièce avec des gens. Ils courent dans tous les sens. Je veux juste être chez moi, retrouver mon lit et ma famille. Maman m'a dit que papa n'était pas là mais je ne dois pas m'inquiéter. Ils vont bientôt le retrouver. Ce sont des super policiers et ils peuvent voir tout ce qui se passe. J'espère le revoir. Il me manque déjà. Un monsieur s'avance vers moi. Il met sa veste de policier sur mes épaules.

— Tu n'as pas trop froid ?
— Non, ça va.
— Tu vas bientôt pouvoir partir.
— Combien de temps ?
— On pose des questions à ta maman.
— Vous allez le retrouver ?

— Oui, ne t'inquiète pas. Nous habitons un petit village. Personne ne se perd ici.

— C'est peut-être un monstre ?

— Non, il n'y a pas de monstres ici, et nous sommes nombreux. Nous pouvons te protéger.

Il est gentil et je l'aime bien. Une personne l'appelle au loin.

— Inspecteur !

— Oui, j'arrive.

— Inspecteur ! On a besoin de vous.

— Comment tu t'appelles ?

— Je m'appelle Charles. Je reviens te voir après. Tout va bien se passer. On va le retrouver. Je te le promets.

Table des matières